诗　经

尹吉甫◎著

北方妇女儿童出版社

目录 CONTENTS

序

中华民族要实现伟大复兴，必须有凝聚力。凝聚力的基础是人民具有民族自尊心、自信心，而民族自尊心、自信心的根本来源于对民族文化优秀传统的明确认知。

值得欣慰的是，博大精深的中华传统文化，蕴含着丰富的精神资源。生生不已的变易之道，居安思危的忧患意识，富贵不淫、贫贱不移的大丈夫气概，民为邦本的政治哲学，正德、利用、厚生相统一的精神物质兼顾的文明观，等等，都是开启今人智慧、滋养今人心灵的营养。

为了适应全民阅读的需求，我们本着以弘扬传统文化、传承中华文明为宗旨，精心设计了这套深入浅出，今古相合，适合全民阅读和理解古代先贤智慧的《中华国学经典全民阅读书库》。

本书特点鲜明，以采用多视角、多元化、多维度的图解式为启动引擎，每册图书分为六大版块：阅读图解、观古阅今、辅导讲坛、原典新释、古韵体验和延伸阅读；通过这些版块，详细生动地从不同功用上对丛书之每一国学经典进行全方位的介绍，辅助读者理解古籍中生僻难解之处，有益于在古诗文学习上的理解和提高。

国学，作为一种历史、一种传统、一种文化、一种非物质文化遗产，它所蕴藏的经验、智慧和启示，穿越时空延展至今。我们用它来化解心灵的危机，解释当下的生存困境，救赎迷惘的灵魂。我们正处在现代化进程中，需要从古籍中发掘中华民族固有的传统文化基因作为促进社会进步的重要支撑点，这正是全民阅读国学重要性之所在。

国学流传了几千年，不腐更不会朽，它是清新而流动的活水，万古长青，生机盎然。有鉴于此，我们组织学术界的一流专家，编辑了这套图书，以飨读者。

编者

2015 年 3 月

阅读图解

Yue Du Tu Jie

诗经

阅读结构图解

No.1
阅读图解：这部分内容用和谐的色彩和图形来对本书作者、历史影响等内容进行解读，简单、清晰、直观，有利于读者轻松把控和阅读本书。

No.2
观史阅今：这部分包括本书的历史传承、影响，以及本书的历史地位、作用、意义等内容，起到点睛之笔的作用，能够让读者做到对经典著作的深入和精细化阅读。

No.3
辅导讲坛：用简短、精炼的语言对每一篇的内容进行概括、总结，以期读者更加快速地从宏观角度掌握本书的主要内容。

No.5
古韵体验：用体验的方式阅读，具有亲历性和验证性，当把书籍的内容用在实际中，是活学活用，也是学以致用，《诗经》对我们理政、经商、治学、教育等均有广泛用途，有针对性地用在实践中，是我们阅读的目的。

No.4
原典新释：选取和本书相关的人物、图书、影视以及经典的词句、思想等内容，以增加读者的文化积淀，拓宽视野，培育创造力。

No.6
延伸阅读：这部分内容包括原典、注释、译文和铭记链接，侧重对原典的正确解读，注释译文力求简明准确，链接知识紧扣文本，重在凸显原典主旨，弘扬传统文化。

阅读提纲图解

1.《诗经》收集了自西周初年至春秋时期大约五百多年的三百零五篇诗歌。内容上分为风、雅、颂三部分，其中“风”是地方民歌，有十五国风，共一百六十首；“雅”主要是朝廷乐歌，分大雅和小雅，共一百零五篇；“颂”主要是宗庙乐歌，有四十首。

2.《诗经》是中国古代诗歌的光辉起点，对我国后世诗歌体裁结构、语言艺术等方面，起到了非常重要的作用。同时，后世箴、铭、诵、赞等文体的四方言句和辞赋、骈文以四六句为基本句式，也可以追溯到《诗经》。

原文部分参照多家白话文本及诸家注、疏、笺、校本，文章经梳理后，以中国现代标点符号标明句读，以方便读者阅读。

中华国学 经典全民阅读书库

·周　南·

原文

关关雎鸠①，在河之洲②。窈窕淑女③，君子好逑④。

注释部分是对古今异义(异音)、生僻、难解等词语进行注释，力求准确严谨，古今相通，简洁明白，便于读者阅读。

注释

①关关：水鸟叫声。雎（jū）鸠（jiū）：一种水鸟名。
②洲：水中沙滩。
③窈窕：容貌美好。淑：品德善良。
④君子：《诗经》中贵族男子的通称。逑：配偶。好逑：即佳偶。

3.《诗经》在我国诗歌发展的过程中，对协调音韵、兴象、意境等都起到了非常重要的作用，其中，《雅》《颂》中的诗歌，还对于我们考察早期历史、宗教与社会具有很大价值。

4.《诗经》思想和艺术价值最高的是民歌，“饥者歌其食，劳者歌其事”，《伐檀》《硕鼠》《氓》就是“风”的代表作。《诗经》对后代诗歌发展有深远的影响，成为我国古典文学现实主义传统的源头。《诗经》所创立的比兴手法，经过后世发展，成了我国古代诗歌独有的民族文化传统。

诗经

译文

睢鸠关关叫得欢，成双成对在河滩。美丽贤良的女子，正是我的好侣伴。

译文部分参考诸家注、疏、笺、校本，以现代白话的形式解说文言文原文，以帮助现代读者理解原文，明白其意思。

经典语录

1. 衡门之下，可以栖迟。泌之扬扬，可以乐饥。
2. 关关雎鸠，在河之洲，窈窕淑女，君子好逑。
3. 蒹葭苍苍，白露为霜。所谓伊人，在水一方。
4. 桃之夭夭，灼灼其华。

经典语录是对文章内涵的延伸，所选内容和名言都是本书中知名度最高、对后人启发最深刻的，能够拓展读者视野，加深读者记忆，提高阅读质量。

作者年谱图解

公元前852 尹吉甫出生

公元前828 周宣王姬靖继位，选贤用能，任用尹吉甫、仲山甫、方叔、召虎为大臣。

公元前823 尹吉甫率军反攻到太原，并奉命在成周负责征收南淮夷等族的贡赋，并在朔方筑城垒。

公元前824 尹吉甫奉周宣王命出征猃狁，驻防今平遥城一带。

公元前800

尹吉甫发兵南征，对南淮夷征取贡物，深受周王室的倚重。

公元前780

周宣王亲命大臣作诗“文武吉甫，天下为宪”。尹吉甫被封为太师。

公元前781

宣王晚年病重弥留之际，召见老臣尹吉甫和召虎于榻前托孤。

公元前775

尹吉甫去世。

作者生平

《诗经》是我国第一部诗歌总集，收集了自西周初年至春秋中叶五百多年的诗歌305篇。先秦时称《诗》或《诗三百》，到了汉代被儒家奉为经典。据说，尹吉甫是《诗经》的主要采集者。尹吉甫（前852-前775），即兮伯吉父，周房陵(今湖北省十堰市房县青峰镇)人。兮氏，名甲，字伯吉父，尹是官名。尹吉甫，是周宣王的大臣，军事家、诗人、哲学家，被尊称为中华诗祖。

公元前828年，周宣王姬靖继位，选贤用能，国家兴旺，周室中兴。他任用尹吉甫、仲山甫、方叔、召虎为大臣。尹吉甫为朝政中枢的重臣，文能治国，武能安邦。加之宣王英明有道，“任贤使能”，使“周室赫然中兴”，百姓安居乐业，国家安宁。周宣王还亲命大臣作诗称颂他“文武吉甫，天下为宪”。被封为太师。

周宣王五年六月（公元前823年4月，周历六月），猃狁（古部族名）迁居焦获，进攻泾水北岸，危及宣王。“宣王励精求治，命吉甫北伐猃狁”。尹吉甫亲率大军反攻到太原取得大胜，又奉命在成周（今河南洛阳东）主持征收南淮夷等族的贡赋，功绩卓著，深得宣王器重。据《东周列国志》载：“宣王晚年病重弥留之际，召见老臣尹吉甫和召虎于榻前，曰：'朕赖诸卿之力，在位四十六年，南征北伐，四海安宁，不料一病不起！太子宫湦，年虽已长，性颇暗昧，卿等协力辅佐，勿替世业！’”宣王故，立其子幽王，吉甫乃佐命之臣。

尹吉甫喜欢作诗，曾作《大雅·庶民》，“吉甫作颂，穆如清风”，还有《大雅·嵩高》《大雅·江汉》《大雅·韩奕》等诗篇。他的诗歌主要是歌颂和赞美周宣王的功绩，但对宣王疏远贤臣等过失也做了善意批评。如《大雅·烝民》：“衮职有阙，惟仲山甫补之”。“宣王君德有失也，仲山甫则能补之”。又如《大雅·嵩高》文中对宣王含有讽意。他的诗歌真实地反映了宣王的“功”与“过”，对其做了正确地评价。吉甫的诗对于历代进步诗人影响较大。

尹吉甫辅助过三代帝王，后周幽王听信谗言，杀了他。不久之后，周幽王知道错杀了，便给他做了一个金头进行厚葬。为了防止盗墓，修建了真真假假十二座墓葬于房县东部。

西周以后的封建王朝一直把尹吉甫推崇为“忠义”至尊的化身，后来一直成为王宫大臣们做人为官的典范。特别是房陵历朝历代官员动用大量人力、物力、财力，为尹吉甫在故地建墓、修祠、造庙，不仅是为了纪念尹吉甫房陵出生，食邑房陵，采诗房陵，葬于青峰的历史事实，更是为了启迪后人做“忠孝”的榜样。

成书时间

《诗经》约成书于春秋时期，到了汉代被儒家奉为经典。《诗经》中最早的作品大约成于西周时期，根据《尚书》上所说，《豳风·鸱鸮》为周公旦所作。《诗经》的作者亦非一人，产生的地域也很广。除了周王朝乐官制作的乐歌，公卿、列士进献的乐歌，还有许多原来流传于民间的歌谣。相传周王朝派有专门的采诗人，到民间搜集歌谣，以了解政治和风俗的盛衰利弊。又有一种说法：这些民歌是由各国乐师搜集的。乐师是掌管音乐的官员和专家，他们以唱诗作曲为职业，搜集歌谣是为了丰富他们的唱词和乐调。

名家点评图解

孔子说“诗三百，一言以蔽之，思无邪”。他对《诗经》做出了很高的评价。

孟子：“说诗者不以问害辞，不以辞害志，以意逆志，是为得之”，“颂其诗，读其书，不知其人可乎？是以论其世也”。

梁启超：“现存先秦古籍，真赝杂糅，几乎无一书无问题，其真金美玉，字字可信者，《诗经》其首也。”

胡适说：“《诗经》并不是一部经典，是一部古代歌谣的总集。”

鲁迅：根据《风》《雅》《颂》三部分的实际内容，《诗经》是“中国最古的诗选”，“以性质言，风者，闾巷之情诗；雅者，朝廷之乐歌；颂者，宗庙之乐歌也”。

19世纪前期法国人比奥说：《诗经》是“东亚传给我们的最出色的风俗画之一，也是一部真实性无可争辩的文献”，“以古朴的风格向我们展示了上古时期的风俗习尚、社会生活和文明发展程度”。

19世纪初，法国大诗人雨果说：路易十四时代，人们是古希腊学者，现在人们是东方学者，《诗经》这部古老的作品历经岁月沧桑仍然闪耀艺术光辉。

诗经

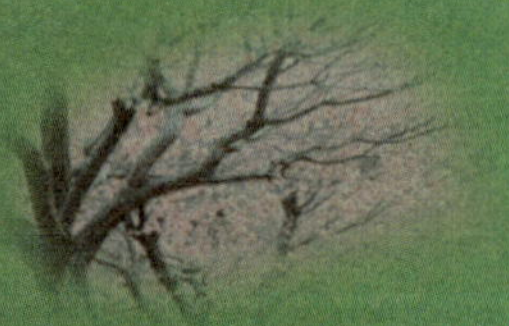

桃之夭夭，灼灼其华

观古阅今

Guan Gu Yue Jin

诗经

春秋是我国的一个动荡、融合的年代，出现了中国文化的大发展，出现了中国第一部诗歌总集《诗经》，又称《诗》或《诗三百》，收集并整理了从西周初年到春秋中叶的诗歌共305篇。

《诗经》由孔子收集删定后传给了子夏，子夏传给了曾申，曾申又传给了李克，李克又传给孟仲子，历经根牟子、荀卿，之后传给毛亨。毛亨生活的时期恰逢秦始皇坑儒焚书，他不得不仓皇北上，到了河间，其间毛亨的侄儿毛苌逃到了山东昌乐，叔侄俩隐姓埋名互不往来，就此得以躲过了灾难。

直到汉惠帝发布了撤销“挟书令”的律令，毛氏才得以重新整理《诗经诂训传》，并亲口传授给毛苌。人们称毛亨为大毛公，称毛苌为小毛公，

当时，西汉河间王刘德遍求天下“善”书，忽然听说在他的辖区居然有这么一位能够诵经解义的大贤，大喜过望，“礼聘再三”，请毛苌出山，封毛苌为博士，并在都城乐城东面建造日华宫（今泊头市西严铺），北面君子馆村建招贤馆，命毛苌在此讲经，传授弟子。

当时讲解《诗经》的主要有齐人辕固、鲁人申培、燕人韩婴、河间毛亨4家。但由于毛诗传继儒门正宗，解经往往与先秦典籍相合，而且其训诂具有平实、准确、简明、便于传习的特点，所以，独有毛诗流传下来。再加上《诗经》以其口耳相传、易于记诵的特点，流传非常广泛。

鲁人毛亨和赵人毛苌的古文“毛诗”晚出，在西汉虽未被立为学官，但在民间广泛传授，并最终压倒了三家诗，盛行于世。后来三家诗先后亡佚，今本《诗经》，就是“毛诗”。

汉儒传《诗》，使《诗》经学化，固然有对《诗经》的曲解、附会，但汉代形成的诗教传统和说诗体系，不仅对《诗经》的研究，而且对整个中国古代文学的发展，都产生了深远的影响。

自汉以后，《诗经》主要用于经学。经学是开始于汉代、绵延至清代的一门专攻儒家经典的学问，这门学问的宗旨，是为封建社会的思想教育和理论建设服务，一般以“六经”注的方式阐发学者的主观思想。《诗经》作为经学的一科，讲授和研究的主题，自然不是艺术形式而是思想内容。大致说来，汉学重“美、刺”，宋学重“义理”，清代“朴学”重“考据”。

汉唐时期，研究学习《诗经》的典型著作有《毛诗序》《毛诗郑笺》《毛诗正义》。汉人在诗的标题下写一篇类似于题解的文字，称为毛诗序，《关雎》篇为大序，其余为小序。《诗大序》总论《诗经》，认为诗歌反映政治："治世之音安以乐，其政和；乱世之音怨以怒，其政乖；亡国之音哀以思，其民困。"

《小序》则以史解诗，以诗证史。具体指出各篇的政治背景，或因某事而美某人，因某事而刺某人。所以清人程廷祚《诗论》说："汉儒说诗，不出美刺二端。"到唐代孔颖达《毛诗正义》集《诗经》汉学研究之大成，全面继承了汉儒"美刺"的说法，进一步肯定了《诗经》是一部美刺时政的政治诗集。应该说《诗经》中有一部分诗是与政治有关联的，具有美刺的性质，但不加区别地说每一首诗都是美刺，就过于拘泥了。

宋代以后，已经不满足于汉学只讲美刺的毛郑诗学，转而集中批判毛诗序。如苏辙《诗集传》、郑樵《诗辨妄》、王质《诗总闻》，代表性的是朱熹的《诗集传》，废序言诗，自由讨论。跳出汉学的窠臼，而讲出了宋学的特色。宋学以理说诗，主性情、主义理。"凡诗之言，善者可以感发人之善心，恶者可以惩创人之逸志，其用归于使人得其性情之正而已。"

这样一来，《诗经》从汉学家的政治教科书转身变成了宋学家的"理学教科书"。宋学的功劳在于指出了《诗经》中存在着大量的与"美刺"无关的民间歌谣。"凡诗之所谓风者，所出于里巷歌谣之作，所谓男女相与咏歌，各言其情者也。"宋学的弊端在于指责这些民间歌谣是"恶为可诫"的淫奔之诗。宋学还有脱离训诂、随意穿凿的毛病。

到了清代，形成了朴学，陈启源《毛诗稽古编》、胡承珙《毛诗后笺》、陈奂《毛诗传疏》推崇毛传。其宗毛攻宋的武器就是发扬汉代"汉学"重视考据的朴实学风，认真地做音韵、文字和词义的工作，所谓"经之至者道也，所以明道者其词也，所以成词者其字也，由字而通其词，由词而通其道"。

清朝后期，一些学者试图开启《诗经》研究的新局面，如姚际恒、崔述、方玉润等，但最终在成果上只有量变而未发生质变。民初有不少著名《诗经》学家，特别是民国期间“古史辨派”中一些代表学人如郑振铎、郭沫若、闻一多等，干脆以“民歌”的主体视角，多方面阐发《诗经》所蕴涵的原始人性乃至野性的“人民性”。

新中国成立后，《诗经》的研究由于过于受当时社会背景的局限，其刻意迎合当时社会政治、伦理思潮的功利主义烙印极为明显。陆侃如、冯沅君著《中国诗史》，被称为现代第一部有重要影响的中国诗歌史著；但由于缺乏“根源性特征”这一研究视角，在叙述《诗经》时，对其总体文化价值及文学艺术成就的总结，仍显得浮浅、逼窄和苍白。

当今一些杰出的《诗经》学者，如夏传才、赵敏俐、李炳海、扬之水等，已开始从音韵、音乐节律乃至科学的专门视角另辟研究蹊径，并发表和出版了一些新的专题性论著，研究路径颇为新颖独到。

国外《诗经》研究名家如日本学者家井真、增野弘幸等对《诗经》中具体意象的“个案化”专题研究，美国学者王靖献采用帕利—劳德理论对《诗经》“套语系统”的归纳总结等，均有新的建树。但当下发表的新人论著中也不乏在“诗无达诂”借口下的率意之作，甚至有将“溥彼韩城，燕师所完”中的“韩城”“考证”为在今朝鲜、韩国境内的“新见解”等等，这样的《诗经》“研究”，正繁荣有序地蓬勃发展着。

辅导讲坛

Fu Dao Jiang Tan

诗经

本书的阅读，以多视角，多元化，多维度为启动引擎，在阅读时从两个主体部分着眼，就会得到相得益彰的效果。

一、版块辅导

全书共分为六大版块：阅读图解、观史阅今、辅导讲坛、原典新释、古韵体验以及延伸阅读。

图形也是一种语言，但它比文字简练、直观、立体，同时也蕴含着丰富的信息。本书的阅读图解部分就是最好的证明，这部分内容是对整本书的结构概括、作者生平以及本书的历史影响及文学地位的直观展示。

接下来是观史阅今，读者可以从这部分概括性的语言中对本书的意义、传承、影响等方面有一个总体的了解。这样，在阅读原著的时候就能更轻松地领悟作者的思想精髓。

原典新释是本书的重中之重，它主要由原文、注释、译文和经典语录等知识版块组成。梳理原文，并对生僻难解的字词进行注释，同时还配有相应的译文，这些都有利于读者理解国学经典内容。此外，在每一篇文章后面都加了一个紧扣本篇内容的铭记链接知识。这样不仅能加深读者的记忆，而且还开阔了读者的视野，达到了全民阅读“品味经典，弘扬传统文化”的目的。

古韵体验，这也是当我们读完这本经典著作之后的收获和感想。我们都能领悟到作品哪些思想精髓，应该怎么做才能真正地弘扬中华传统文化，实现中华民族的伟大复兴呢?

二、原著辅导

《诗经》是我国第一部诗歌总集，收集了自西周初年至春秋中叶五百多年的诗歌305篇。先秦称为《诗》，或取其整数称《诗三百》《三百篇》。西汉时被尊为儒家经典，才称为《诗经》，并沿用至今。

《诗经》中《风》《雅》《颂》三部分的划分，是依据音乐的不同，也是诗经作品分类的主要依据。

《风》包括了十五个地方的民歌，包括今天山西、陕西、河南、河北、山东一些地方（齐、韩、赵、魏、秦），大部分是黄河流域的民间乐歌，多半是经过润色后的民间歌谣，叫“十五国风”，有160篇，是《诗经》

中的核心内容。“风”的意思是土风、风谣。

《雅》分为74篇《小雅》和31篇《大雅》，是宫廷乐歌，共105篇。“雅”是正声雅乐，即贵族享宴或诸侯朝会时的乐歌，大雅多为贵族所作，小雅为个人抒怀。固然多半是士大夫的作品，但小雅中也不少类似风谣的劳人思辞，如《黄鸟》《我行其野》《谷风》《何草不黄》等。

《颂》是宗庙祭祀的乐歌和史诗，内容多是歌颂祖先功业的。《毛诗序》说：“颂者美盛德之形容，以其成功告于神明者也。”这是颂的含义和用途。王国维说：“颂之声较风、雅为缓。”（《说周颂》）这是其音乐的特点。分“周颂”31篇、“鲁颂”4篇、“商颂”5篇，共40篇。本是祭祀时颂神或颂祖先的乐歌，但鲁颂四篇，全是颂美活着的鲁僖公的，商颂中也有阿谀时君的诗。

作品中还运用了很多表现手法，如赋、比、兴，就是现在所说的修辞。

“赋”按朱熹《诗集传》中的说法，“赋者，敷也，敷陈其事而直言之者也”。就是说，赋是直接铺陈叙述，是最基本的表现手法。如“死生契阔，与子成说。执子之手，与子偕老”，即是直接表达自己的感情。

“比”，用朱熹的解释，是“以彼物比此物”，也就是比喻之意，明喻和暗喻均属此类。《诗经》中用比喻的地方很多，手法也富于变化。如《氓》用桑树从繁茂到凋落的变化来比喻爱情的盛衰；《鹤鸣》用“他山之石，可以攻玉”来比喻治国要用贤人；《硕人》连续用“荑荑”喻美人之手，“凝脂”喻美人之肤，“瓠犀”喻美人之齿，等等，都是《诗经》中用“比”的佳例。

“赋”和“比”都是一切诗歌中最基本的表现手法，而“兴”则是《诗经》乃至中国诗歌中比较独特的手法。“兴”字的本义是“起”，因此又多称为“起兴”，对于诗歌中渲染气氛、创造意境起着重要的作用。

《诗经》中的“兴”，用朱熹的解释，是“先言他物以引起所咏之辞”，也就是借助其他事物为所咏之内容做铺垫。它往往用于一首诗或一章诗的开头。有时一句诗中的句子看似比兴时，可用是否用于句首或段首来判断是否是兴。如《卫风·氓中》“桑之未落，其叶沃若”就是兴。

大约最原始的“兴”，只是一种发端，同下文并无意义上的关系，表现出思绪无端地飘移联想。就像秦风的《晨风》，开头“鴥彼晨风，郁彼北林”，与下文“未见君子，忧心钦钦”云云，很难发现彼此间的意义联系。虽然就这实例而言，也有可能是因时代悬隔才不可理解，但这种情况一定是存在的。就是在现代的歌谣中，仍可看到这样的“兴”。

进一步，“兴”又兼有了比喻、象征、烘托等较有实在意义的用法。但正因为“兴”原本是思绪无端地飘移和联想而产生的，所以即使有了比较实在的意义，也不是那么固定僵板，而是虚灵微妙的。如《关雎》开头的“关关雎鸠，在河之洲”，原是诗人借眼前景物以兴起下文“窈窕淑女，君子好逑”的，但关雎和鸣，也可以比喻男女求偶，或男女间的和谐恩爱，只是它的喻意不那么明白确定。

又如《桃夭》一诗，开头的“桃之夭夭，灼灼其华”，写出了春天桃花开放时的美丽氛围，可以说是写实之笔，但也可以理解为对新娘美貌的暗喻，又可说这是在烘托结婚时的热烈气氛。由于“兴”是这样一种微妙的、可以自由运用的手法，后代喜欢诗歌的含蓄委婉韵致的诗人，对此也就特别有兴趣，各自逞技弄巧，翻陈出新，不一而足，构成中国古典诗歌的一种特殊味道。

原典新释

Yuan Dian Xin Shi

诗经

一、国风

·周　南·

关　雎

原文

关关雎鸠①，在河之洲②。窈窕淑女③，君子好逑④。

注释

①关关：水鸟叫声。雎（jū）鸠（jiū）：一种水鸟名。

②洲：水中沙滩。

③窈窕：容貌美好。淑：品德善良。

④君子：《诗经》中贵族男子的通称。逑：配偶。好逑：即佳偶。

译文

雎鸠关关叫得欢，成双成对在河滩。美丽贤良的女子，正是我的好侣伴。

原文

参差荇①菜，左右流之②。窈窕淑女，寤寐求之。

注释

①荇（xìng）菜：草本植物，叶浮于水面。

②流：择取。

译文

长短不齐水荇菜，左右采摘忙不停。美丽贤良的女子，做梦也在把她思。

原文

求之不得，寤寐思服①。悠哉悠哉②，辗转反侧。

注释

①思：语助。服：思念。

②悠：忧思貌。

译文

追求她却不可得，日夜思念在心间。想啊想啊心忧伤，翻来覆去欲断肠。

原文

参差荇菜，左右采之。窈窕淑女，琴瑟友之①。

注释

①友：亲爱。

译文

长短不齐水荇菜，左边右边到处采。美丽贤良的女子，弹琴鼓瑟永相爱。

原文

参差荇菜，左右芼之①。窈窕淑女，钟鼓乐之。

注释

①芼（mào）：拔。

译文

长短不齐水荇幕，左边右边到处采。美丽贤良的女子，鸣钟击鼓乐她怀。

葛　覃

原文

葛之覃兮①，施于中谷②，维叶萋萋③。黄鸟于飞④，集于灌木，其鸣喈喈⑤。

注释

①葛：多年生草本，可织布。覃（tán）：延长。

②施（yī）：伸展。

③维：发语词。萋萋：茂盛貌。

④于：语助。

⑤喈（jiē）喈：鸟鸣声。

译文

葛藤枝叶长又长，漫山遍野都生长，嫩绿叶子水汪汪。小鸟展翅来回飞，纷纷停落灌木上，唧唧啾啾把歌唱。

原文

葛之覃兮，施于中谷，维叶莫莫①。是刈是濩②，为絺为綌③，服之无斁④。

注释

①莫莫：茂盛貌。

②刈（yì）：割。濩（huò）：煮。

③絺（chī）：细葛布。绤（xì）：粗葛布。

④斁（yì）：厌恶。

译文

葛藤枝叶长又长，漫山遍野都生长，嫩绿叶子多又壮。收割水煮活儿忙，细布粗布分两样，做成新衣常年穿。

原文

言告师氏①，言告言归②。薄污我私③，薄浣我衣。害浣害否④，归宁父母。

注释

①言（yān）：语首助词。师氏：贵族家中管教女奴的用人。

②归：回娘家。

③薄：语助词，含有勉励之意。污（wù）：去污，洗净。私：内衣。

④害（hé）：通“何”，疑问词。浣（huàn）：洗。否：指不洗。

译文

走去告诉我女师，我要探亲回娘家。内衣勤洗要勤换，外衣勤洗好常穿。一件一件安排好，干干净净见爹娘。

桃 夭

原文

桃之夭夭①，灼灼其华②。之子于归③，宜其室家④。

注释

①夭夭：茂盛貌。

②灼灼：鲜明貌。

③之子：这个人。于归：女子出嫁。

④宜：和顺。室家、家室、家人：均指家庭。

译文

桃树繁茂，桃花灿烂。女子出嫁，和美一家。

原文

桃之夭夭，有蕡其实①。之子于归，宜其家室。

注释

①有：语助词。蕡（fén）：果实繁盛貌。

译文

桃树繁茂，果实丰硕。女子出嫁，幸福一家。

原文

桃之夭夭，其叶蓁蓁①。之子于归，宜其家人。

注释

①蓁蓁（zhēn）：草木茂盛貌。

译文

桃树繁茂，枝叶浓密。女子出嫁，快乐一家。

麟 之 趾

原文

麟之趾①，振振公子②，于嗟麟兮！

注释

①麟：麒麟，传说中的一种仁慈之兽。趾：足。有趾为足，无趾为蹄。

②振（zhēn）振：信实仁厚貌。

译文

麒麟的足啊，如同仁义的好公子，那可赞美的麒麟啊！

原文

麟之定[①]，振振公姓[②]，于嗟麟兮！

注释

①定：额头。

②公姓：与公子、公族近义，均指贵族子孙。

译文

麒麟的额啊，如同宽厚的好公子，那可赞美的麒麟啊！

原文

麟之角，振振公族，于嗟麟兮！

译文：

麒麟的角啊，如同善良的好公子，那可赞美的麒麟啊！

·召南·

鹊巢

原文

维鹊有巢，维鸠居之。之子于归，百两御之[①]。

注释

①两：辆。御（yà）：迎迓、迎接。

译文

喜鹊筑好巢，斑鸠来居住。女子要出嫁，百车相迎娶。

原文

维鹊有巢，维鸠方之[①]。之子于归，百两将之[②]。

注释

①方：占居。

②将：送。

译文

喜鹊筑好巢，斑鸠来居住。女子要出嫁，百车相护送。

原文

维鹊有巢，维鸠盈之。之子于归，百两成之[①]。

注释

①成：完成婚礼，指举行礼仪成婚。

译文

喜鹊筑好巢，斑鸠来居住。女子要出嫁，百车成鸾俦。

行露

原文

厌浥行露[①]。岂不夙夜[②]？谓行多露[③]。

注释

①厌浥（yì）：湿淋淋的。行（háng）：道路。

②岂不：难道不想。

③谓：同“畏”。与下文的“谓”不同义。

译文

道上露水湿纷纷。难道不想行五更？只怕晨露湿我身。

原文

谁谓雀无角[①]？何以穿我屋？谁谓女无家[②]？何以速我狱[③]？虽速我狱，室家不足！

注释

①角（lù）：鸟嘴。

②女（rǔ）：通“汝”。

③速：召致。狱：讼，打官司。

译文

谁言麻雀没有嘴？如何穿入我屋中？谁说你还没成家？为何害我见官家？即便使我入牢狱，要想娶我万不能。

原文

谁谓鼠无牙？何以穿我墉[①]？谁谓女无家？何以速我讼？虽速我讼，亦不女从！

注释

①墉（yōng）：墙。

译文

谁言老鼠没有牙？如何在我墙上爬？谁说你还没成家？为何害我见官家？虽然使我遭诉讼，要想娶我万不从！

羔　羊

原文

羔羊之皮[①]，素丝五紽[②]。退食自公[③]，委蛇委蛇[④]！

注释

①皮（pó）、革（qì）、缝：毛皮或皮袄。

②素丝：白蚕丝。紽（tuó）：量词，丝数。

③退食自公、自公退食（sì）：从公府回家中进餐。

④委蛇（yí）：逶迤。洋洋自得貌。

译文

羔羊皮袄蓬松松，白色丝带作纽扣。退出公府吃饭去，摇摇摆摆好自得。

原文

羔羊之革，素丝五緎[1]。委蛇委蛇，自公退食！

注释

①緎（yū）：丝数。

译文

羔羊皮袄毛绒绒，白色丝带作纽扣。洋洋自得出公府，回到家里去吃饭。

原文

羔羊之缝，素丝五总[1]。委蛇委蛇，退食自公！

注释

①总：丝数。

译文

羔羊皮袄热烘烘，白色丝带作纽扣。洋洋自得出公府，回到家里吃饭去。

殷其雷

原文

殷其雷[1]，在南山之阳[2]。何斯违斯[3]，莫敢或遑[4]？振振君子，归哉归哉！

注释

①殷：雷声。通“隐”。

②阳：山之南坡。

③斯：含此人此地之意。违：离别。

④或：有。遑：闲暇。

译文

雷声隐隐响隆隆，好像就在南山南。为何才回又要走，不敢稍稍有闲暇？诚实忠厚心上人，妻在家里盼你归！

原文

殷其雷，在南山之侧。何斯违斯，莫敢遑息？振振君子[①]，归哉归哉！

注释

①振（zhēn）振：忠诚老实貌。

译文

隐隐雷声隆隆响，好像就在南山旁。为何才回又启程，不敢稍稍暂休整？诚实忠厚心上人，妻在家里盼你归！

原文

殷其雷，在南山之下。何斯违斯，莫敢遑处[①]？振振君子，归哉归哉！

注释

①处：居住，停留。

译文

雷声隐隐隆隆响，好像就在南山下。为何才聚又离别，不敢稍稍作停歇？诚实忠厚心上人，妻在家里盼你归！

摽有梅

原文

摽有梅[①]，其实七兮[②]！求我庶士[③]，迨其吉兮[④]！

注释

①摽（biào）：坠落。有：助词。

②七：十分之七。后文中的三指十分之三。

③庶：众。

④迨：及，趁着。

译文

枝头梅子落纷纷，树上还留有七成！追求我的小伙子，不要错过好时辰！

原文

摽有梅，其实三兮！求我庶士，迨其今兮！

译文：

枝头梅子落纷纷，树上只留有三成！追求我的小伙子，今天就是好时辰！

原文

摽有梅，倾筐塈之[①]！求我庶士，迨其谓之[②]！

注释

①塈（jì）：取。

②谓：通“归”，指女子出嫁。

译文

梅子全部落下来，倾尽筐子让他取！追求我的小伙子，趁着时机嫁给他！

小星

原文

嘒彼小星①，三五在东②。肃肃宵征③，夙夜在公。寔命不同④！

注释

①嘒（huì）：形容光芒微弱，闪闪烁烁。

②三：即参星，它由三颗星组成。五：昴星，它由五颗星组成。

③宵征：夜晚赶路。

④寔：即“实”，此。

译文

小小星星闪微光，三三五五在东方。有人匆忙赶夜路，日日夜夜在公堂。只因命运不一样。

原文

嘒彼小星，维参与昴。肃肃宵征，抱衾与裯①，寔命不犹②！

注释

①衾（qīn）：被子。裯（chóu）：被单。

②不犹：不一样。

译文

小小星星闪微光，参星昴星在天上。有人匆忙赶夜路，抛开温暖被和褥。只因命运不一样！

驺 虞

原文

彼茁者葭[1]，壹发五豝[2]，于嗟乎驺虞[3]！

注释

①葭（jiā）：芦苇。

②壹：发语词。豝（bā）：幼小的母猪。

③驺（zōu）虞：古时司牧猎的官吏。

译文

芦苇茂盛真茁壮，（他）发箭射杀五头猪，多可恶的驺虞啊！

原文

彼茁者蓬[1]，壹发五豵[2]，于嗟乎驺虞！

注释

①蓬：蓬草。

②豵（zòng）：小猪或小兽。

译文

蓬蒿丛丛真茂盛，五头小猪瞬间杀，多可恨的驺虞啊！

·邶 风·

柏 舟

原文

汎彼柏舟[①]，亦汎其流。耿耿不寐，如有隐忧。微我无酒[②]，以敖以游[③]。

注释

①汎（fàn）：同“泛”。

②微：不是。

③以：于此。敖：通“遨”。

译文

划着小小柏木舟，飘来荡去到中流。惴惴不安难入睡，如有忧愁在心头。并非手中没有酒，举起痛饮自在游。

原文

我心匪鉴[①]，不可以茹[②]。亦有兄弟，不可以据[③]。薄言往愬[④]，逢彼之怒。

注释

①匪：非。鉴：明镜。

②茹（rú）：猜想，忖度。

③据：依靠。

④愬（sù）：告诉。

译文

我心不是青铜镜，善恶很难都辨清。虽有亲兄弟同胞，心难沟通不能靠。满心痛苦去倾诉，他们无情很恼怒。

原文

我心匪石，不可转也。我心匪席，不可卷也。威仪棣棣[1]，不可选也。

注释

①棣棣：雍容娴雅貌。

译文

我心不比那方石，不能挪动又转移。我心不比芦苇席，不能随手便卷起。你的气宇很轩昂，我心不会选他人。

原文

忧心悄悄[1]，愠于群小[2]。觏闵既多[3]，受侮不少。静言思之，寤辟有摽[4]。

注释

①悄悄：苦愁状。

②愠（yùn）：怨恨。

③觏（gòu）：通“遘”。闵（mǐn）：忧患。

④辟：用手按心口，喻心痛。摽（biào）：打

译文

满腹愁苦心焦虑，怨愤小人恨难消。遭遇祸患实在多，历经屈辱也不少。静静细思此间事，捶胸不眠真难熬。

原文

日居月诸①，胡迭而微②？心之忧矣，如匪澣衣③。静言思之，不能奋飞。

注释

①居、诸：助词。

②迭：更替。微：日月亏缺。

③澣（huàn）：洗。

译文

可恨太阳与月亮，为何亏缺无光芒？心中忧虑难舒畅，犹如没洗脏衣裳。静静细思从前事，不能上天任翱翔。

凯 风

原文

凯风自南①，吹彼棘心②。棘心夭夭③，母氏劬劳④。

注释

①凯风：和风。

②棘心：棘薪。

③夭夭：树枝倾屈貌。

④劬（qú）：劳。

译文

和风从南来，吹那嫩棘条。枝条随风曲，母亲多操劳。

原文

凯风自南，吹彼棘薪。母氏圣善，我无令人①。

注释

①令：有善德。

译文

和风从南来，吹那棘枝条。母亲敏且善，无奈儿不孝。

原文

爰有寒泉？在浚之下。有子七人，母氏劳苦。

译文：

寒泉何处有？就在浚城处。儿子有七人，母亲却劳苦。

原文

睍睆黄鸟[①]，载好其音[②]。有子七人，莫慰母心。

注释

①睍（jiān）睆（quān）：拟声词，指黄莺的叫声。
②载：则。“载好其音”即“其音则好”。

译文

婉转黄鹂音，歌声真动人。儿子有七人，无人慰母心。

雄雉

原文

雄雉于飞，泄泄其羽[①]。我之怀矣，自诒伊阻[②]。

注释

①泄（yì）泄：徐徐飞翔的样子。

②诒（yí）：遗留。伊：此。阻：艰难；忧患。

译文

美丽雄雉比翼飞，舒展双翅上蓝天。我在思念心上人，自留忧患在心间。

原文

雄雉于飞，下上其音。展矣君子①，实劳我心。

注释

①展：诚实。

译文

美丽雄雉比翼飞，鸣声起伏在林间。诚实善良心上人，使我无时不思念。

原文

瞻彼日月，悠悠我思。道之云远①，曷云能来？

注释

①云：语助词。

译文

日子一天又一天，思君不断情缠绵。路途遥遥千万里，何日归来重相见？

原文

百尔君子①，不知德行？不忮不求②，何用不臧③？

注释

①百尔：所有。

②忮（zhì）：忌恨。

③臧（zāng）：善。

译文

诸位君子听分明，你们岂不知德行？我夫不忌又不贪，为何没有好命运？

匏有苦叶

原文

匏有苦叶①，济有深涉②。深则厉③，浅则揭④。

注释

①匏（páo）：葫芦。苦同“枯”。

②涉：渡口。

③厉：连衣下水渡河。

④揭：提衣裳。

译文

枯叶葫芦绑腰上，不怕济河大水涨。水深连衣趟过去，水浅过河提衣裳。

原文

有浻济盈①，有鷕雉鸣，济盈不濡轨②，雉鸣求其牡。

注释

①浻（mǐ）：水满。有：发语词。

②轨：车轴头。

译文

大水茫茫济水涨，山鸡声声叫得响。河水虽涨不湿轴，雉啼原是唤配偶。

原文

雝雝鸣雁①，旭日始旦，士如归妻，迨冰未泮②。

注释

①雝（yōng）雝：鸟和鸣声。

②泮（pàn）：封合。

译文

大雁声声叫得欢，朝阳初升在东方。恋人若想娶我走，河水未冻好时光。

原文

招招舟子，人涉卬否①。人涉卬否，卬须我友。

注释

①卬（āng）：我。妇女自称。否（pǐ）：不。

译文

船上艄公手相招，别人渡河我偏留。别人渡河我偏留，我要等着男朋友。

谷　风

原文

习习谷风①，以阴以雨②。黾勉同心③，不宜有怒。采葑采菲，无以下体④？德音莫违，及尔同死。

注释

①习习（sà）：风声。

②以阴以雨：喻男子变心。

③黾（mǐn）勉：尽力。

④以：用。下体：喻人内在本质。

译文

谷风习习阵阵吹，阴雨无常变了天。尽力与君一条心，宜将恼怒抛一边。蔓菁萝卜都要采，难道真情你不见？不离不弃是美德，与君同死心相连。

原文

行道迟迟①，中心有违②。不远伊迩③，薄送我畿④。谁谓荼苦？其甘如荠。宴尔新婚，如兄如弟。

注释

①迟迟：徘徊不前。

②违：积怨。

③伊：发语词。迩（ěr）：近。

④薄：发语词。畿（jī）：门槛。

译文

行人路上步履缓，心中有怨难消散。非是迢遥万里程，却只送到大门坎。谁说苦菜味最苦，也曾甘甜如荠菜。你们新婚燕尔时，亲亲密密似兄弟。

原文

泾以渭浊，湜湜其沚①。宴尔新婚，不我屑以。毋逝我梁，毋发我笱[2]。我躬不阅[3]，遑恤我后[4]！

注释

①湜（shí）湜：水清见底貌。沚（zhǐ）：河湾。

②发：乱动。

③躬：亲身。阅：爱。

④遑：何。恤：爱惜。

译文

泾水搅得渭水浊，河湾见底水清清。只因新婚迷着你，不再与我来相亲。别到我的鱼梁上，别用我的竹鱼筐。可怜此处难容身，自此我能去何方！

原文

就其深矣[1]，方之舟之。就其浅矣，泳之游之。何有何亡，黾勉求之。凡民有丧，匍匐救之。

注释

①就：遇见。

译文

过河遇见水深处，乘舟撑船来过渡。过河遇见水浅时，下水游泳到彼岸。家中何有何已无，勤勉操持多兼顾。邻人或会有急难，尽心尽力去帮助。

原文

不我能慉[1]，反以我为雠[2]。既阻我德，贾用不售[3]。昔育恐育鞫，及尔颠覆。既生既育，比予于毒。

注释

①慉（xù）：养。

②雠（chóu）：同“仇”。
③贾（gǔ）：交易。

译文

不再细心爱悦我，反而视我为仇敌。种种美德无人睬，有如货物无处卖。昔日初婚常畏惧，任你颠鸾又倒凤。如今生儿又育女，却将我来比毒痈。

原文

我有旨蓄①，亦以御冬。宴尔新婚，以我御穷。有洸有溃②，既诒我肄③。不念昔者，伊余来塈④。

注释

①旨：甘美。
②洸（guāng）：动武。溃（kuì）：怒骂。
③肄（yì）：劳苦之事。
④塈（jì）：取，同“娶”。

译文

我留美菜一坛坛，季节变换好过冬。新娶之人迷着你，夺我积蓄挡贫穷。对我又打又是骂，繁重家务一重重。不念往昔吉庆日，也曾痴爱将我娶。

式　微

原文

式微，式微①！胡不归？微君之故②，胡为乎中露③！

注释

①式：发语词。微：黄昏。

②微：非。

③中露：露中。倒文使协韵。

译文

天已暮，天已暮！为何不能回家住？如果不是服侍你，哪会露中吃尽苦！

原文

式微，式微！胡不归？微君之躬，胡为乎泥中！

译文：

天已暮，天已暮！为何不能回家住？如果不是侍候你，哪会泥中服劳务！

泉　水

原文

毖彼泉水[①]，亦流于淇。有怀于卫，靡日不思。娈彼诸姬[②]，聊与之谋。

注释

①毖（bì）：泉水流貌。

②娈：美好。姬：未嫁之女。

译文

泉水汩汩向前流，流于滔滔淇水中。心怀故乡是卫国，没有一刻不思归。众家姐妹皆美貌，细诉心曲来共谋。

原文

出宿于泲，饮饯于祢。女子有行[①]，远父母兄亲。问我诸姑[②]，遂及伯姊。

注释

①有行：出嫁。

②诸姑：一些未嫁姐妹。

译文

我想泲地可住宿，祢水之滨饮美酒。可叹出嫁已数年，远离父母和诸兄。问候我的亲姐妹，转问表姐众亲友。

原文

出宿于干，饮饯于言。载脂载舝[1]，还车言迈。遄臻于卫[2]，不瑕有害[3]？

注释

①舝（xiá）：车轴两头的金属键。

②遄（chuán）：迅疾。臻（zhēn）：至。

③瑕：同"遐"，远。

译文

回国再经干地宿，言地饯客饮美酒。把我车轴涂满油，重坐嫁车往回走。车马迅疾赴卫都，路途不远何不可？

原文

我思肥泉，兹之永叹。思须与漕，我心悠悠。驾言出游，以写我忧[1]。

注释

①写（xiè）：通"泻"，宣泄。

译文

我思肥泉在故国，为此长叹不能休。思念须城与漕邑，别绪悠悠情意稠。驾驶马车快出城，借此排除心中忧。

新　台

原文

新台有泚①，河水㳽㳽。燕婉之求②，籧篨不鲜③。

注释

①泚（cǐ）：鲜明貌。

②燕：安静。婉：和顺。

③籧篨（qú chú）：蛤蟆。鲜：善。

译文

新台建起色彩明，河水上涨滔滔流。欲求安娴与和美，岂料老汉容颜丑。

原文

新台有洒①，河水浼浼②。燕婉之求，籧篨不殄③。

注释

①洒（xiǎn）：高峻貌。

②浼浼（miǎn）：水盛貌。

③殄（tiǎn）：好。

译文

新台筑起高又高，河水上涨浪滔滔。欲求安娴与和美，岂料所嫁是脓包。

原文

鱼网之设，鸿则离之[1]。燕婉之求，得此戚施[2]。

注释

①鸿：蛤蟆。离：通“罹”，遭受。

②戚施：驼背。

译文

设网原想捕大鱼，不想蛤蟆落进网。欲求安娴与和美，岂料嫁给驼背郎。

二子乘舟

原文

二了乘舟，汎汎其景[1]。愿言思于[2]，中心养养[3]。

注释

①汎（fàn）汎：漂浮貌。景：通“影”。

②愿：思念。

③养养：忧虑不安貌。

译文

两个孩子乘小舟，飘飘荡荡随波殁。父母念子意切切，心中荡起无限愁。

原文

二子乘舟，汎汎其逝。愿言思子，不瑕有害[1]？

注释

①瑕：通“遐”，远行。害（hé）：灾害。

译文

两个孩子乘小舟，飘飘荡荡逐逝波。父母念子意绵绵，不去岂能沉水没？

·鄘风·

柏舟

原文

汎彼柏舟，在彼中河。髧彼两髦[①]，实维我仪[②]，之死矢靡它[③]。母也天只！不谅人只！

注释

①髧（dàn）：发垂貌。髦（máo）：古代称未成年幼儿下垂至眉的短发。

②仪：配偶。后“特”同义。

③矢：发誓。靡：无，没有。

译文

小小柏木船，浮在河中间。双髦齐眉垂，为我好伴侣，至死心不变。娘亲与老天，不知我心愿！

原文

汎彼柏舟，在彼河侧。髧彼两髦，实维我特，之死矢靡慝[①]。母也天只[②]！不谅人只！

注释

①慝（tè）：恶念，即变心。

②也、只：语气词。

译文

小小柏木船，浮在河之畔。双髦齐眉垂，为我好侣伴，至死心不变。娘亲与老天，不知我心愿！

君子偕老

原文

君子偕老，副笄六珈[①]。委委佗佗[②]，如山如河，象服是宜[③]。子之不淑，云如之何？

注释

①副：覆，又称步摇，一种头饰。笄（jī）：簪。珈（jiā）：饰玉。

②委委佗佗（tuó）：形容走路姿态之美。

③象服：古代贵妇所穿礼服，绘有图形彩饰。宜：舍身。

译文

你是君子身边人，满头珠光宝气生。雍容自得好举止，如山如河不可侵，华服鲜艳正舍身。可叹没有好品德，只靠华贵怎能行？

原文

玼兮玼兮[①]，其之翟也[②]。鬒发如云[③]，不屑髢也[④]。玉之瑱也[⑤]，象之揥也[⑥]，扬且之皙也[⑦]。胡然而天也？胡然而帝也？

注释

①玼（cǐ）：花纹绚丽。下文“瑳（cuō）”意同。

②翟（dí）：山鸡。

③鬒（zhǎn）：密而长的黑发。

④髢（dí）：假发。

⑤瑱（zhèn）：耳坠。

⑥揥（tì）：剔发针。

⑦扬，额角。皙：白嫩光泽。

译文

锦衣彩纹艳如花，绣上山鸡似云霞。黑发如盖已风流，不屑假发戴上头。双耳坠子尽珠玉，象牙劈为别发针，前额白皙确动人。怎似神女从天降？莫非天仙下凡尘？

原文

瑳兮瑳兮，其之展也。蒙彼绉絺，是绁袢也[①]。子之清扬，扬且之颜也。展如之人兮[②]，邦之媛也！

注释

①展、绉絺（chī）、绁袢（xiè bàn）：分指上衣，中衣，内衣。

②展：即“亶”，诚然，真正的。

译文

艳丽服装美如花，一层外衣值百千。细葛绉纱内里穿，添上夏日白内衫。双眸清秀眉飞扬，额角方广容颜靓。世间此女真难寻，倾国倾城美娇娘！

载　驰[①]

原文

载驰载驱[②]，归唁卫侯。驱马悠悠，言至于漕。大夫跋涉，我心则忧。

注释

①这是许穆夫人写的诗。她本是卫国之女，远嫁许国穆公。因故国

多灾多难，她想回国挽救危局，却遭到许国贵族的反对，她极度悲伤，无限惆怅。

②载：犹“乃”。发语词。

译文

我欲驱马走，回国吊卫侯。策马路迢迢，才到漕城头。大夫跋涉来，命返心忧忧。

原文

既不我嘉①，不能旋反。视尔不臧，我思不远②。既不我嘉，不能旋济③。视尔不臧，我思不閟④。

注释

①嘉：好。

②不远：不离。

③济：济河。

④不閟（bì）：不止。

译文

你们怠慢我，使我难回国。你们很不善，让我思不断。你们怠慢我，阻我回济水。你们很不好，让我思难了。

原文

陟彼阿丘，言采其蝱①。女子善怀，亦各有行②。许人尤之，众穉且狂③。

注释

①蝱（méng）：贝母草。

②行：理由，缘由。

③尤：指责，埋怨。穉：同“稚”，幼稚。

译文

登上一高丘，贝母在山头。女子爱思乡，理由各正当。许国人怨我，他们实轻狂。

原文

我行其野，芃芃其麦①，控于大邦，谁因谁极②？大夫君子，无我有尤。百尔所思，不如我所之。

注释

①芃（péng）芃：草木茂盛貌。

②因：依托。极：高攀。

译文

我行田野上，麦苗肥且壮。我想求大国，何人能相帮？许国众大人，不要把我怨。思国千百遍，归国难如愿。

·卫风·

淇奥

原文

瞻彼淇奥①，绿竹猗猗②。有匪君子③，如切如磋，如琢如磨。瑟兮僩兮④，赫兮咺兮⑤。有匪君子，终不可谖兮⑥！

注释

①奥（yù）：通“澳”，水流回转之处。

②猗猗（yǐ）：长而美貌。

③匪：通“斐”。有文采貌。

④瑟：庄重貌。僩（xiàn）：宽大貌。

⑤赫、咺（xuān）：有威仪貌。

⑥谖（xuān）：忘。

译文

看那淇水河湾，翠竹挺立修长。有位美貌君子，骨器象牙切磋，翠玉奇石琢磨。气宇庄重轩昂，举止威武大方。有此英俊君子，如何能不想他！

原文

瞻彼淇奥，绿竹青青。有匪君子，充耳琇莹，会弁如星①。瑟兮僩兮，赫兮咺兮。有匪君子，终不可谖兮！

注释

①会（kuài）、弁（biàn）：会，缝合处。弁，鹿皮帽。

译文

看那淇水河湾，翠竹青青葱葱。有位美貌君子，耳嵌美珠似银，帽缝宝石如星。气宇庄重轩昂，举止威武大方。有此英俊君子，如何能不想他！

原文

瞻彼淇奥，绿竹如箦①。有匪君子，如金如锡，如圭如璧。宽兮绰兮②，猗重较兮③。善戏谑兮④，不为虐兮！

注释

①箦（zé）：丛聚貌。

②宽、绰：形容心地开阔，有宽大之怀。

③猗（yī）：倚立。重较（chóng jué）：卿士所乘之车。

④戏谑：用趣话开玩笑。

译文

看那淇水河湾，翠竹聚合竞茂。有位美貌君子，好似金银璀璨，有如圭璧温润。气宇旷达宏大，倚乘卿士华车。妙语如珠活跃，十分体贴温和！

竹竿

原文

籊籊竹竿①，以钓于淇。岂不尔思？远莫致之②。

注释

①藋（tì）籊：竹长而锐。

②远（yuàn）：远离。

译文

竹竿细长尖又尖，拿它垂钓淇水边。心中哪能不想你，只因路远难转回。

原文

泉源在左，淇水在右。女子有行，远父母兄弟。

译文：

泉水清清在左边，淇河滚滚奔右方。女子无奈出了嫁，父母兄弟隔天涯。

原文

淇水在右，泉源在左。巧笑之瑳①，佩玉之傩②。

注释

①瑳（cuō）：以玉形容齿白光洁。

②傩（nuó）：通“娜”。

译文

淇河滚滚在右方，泉水清清流左边。嫣然一笑玉齿露，身着佩玉风姿柔。

原文

淇水滺滺①，桧楫松舟。驾言出游，以写我忧。

注释

①滺（yōu）滺：河水流淌的样子。

译文

淇水潺潺水悠悠，桧木作桨松作舟。驾着小船水中游，泻我心中重重忧。

木瓜

原文

投我以木瓜，报之以琼琚①。匪报也，永以为好也！

注释

①琼琚（jū）、琼瑶、琼玖（jiǔ）：皆为佩玉。

译文

赠我一个木瓜，我送琼琚给她。不是作为报答，只为想要娶她。

原文

投我以木桃，报之以琼瑶。匪报也，永以为好也！

译文

赠我一个木桃，我送美玉琼瑶。不是作为报答，只为永远相好！

·王　风·

黍　离

原文

彼黍离离①，彼稷之苗。行迈靡靡②，中心摇摇③。知我者，谓我心忧；不知我者，谓我何求。悠悠苍天，此何人哉？

注释

①离离：行列貌。

②迈：行走。靡靡：步缓貌。

③摇摇：心神不安。

译文

黍子齐整一行行，稷苗青青长得壮。走起路来步迟疑，心神不安人悲伤。知我之人说我忧，不知之人问何求。悠悠苍天你在上，是谁使我如此愁？

原文

彼黍离离，彼稷之穗。行迈靡靡，中心如醉。知我者，谓我心忧；不知我者，谓我何求。悠悠苍天，此何人哉？

译文：

黍子齐整一行行，稷穗黄黄长得壮。走起路来步迟疑，如痴如醉更彷徨。知我之人说我忧，不知之人问何求。悠悠苍天你在上，是谁使我如此愁？

原文

彼黍离离，彼稷之实。行迈靡靡，中心如噎①。知我者，谓我心忧；不知我者，谓我何求。悠悠苍天，此何人哉？

注释

①噎（yē）：忧闷极深，不能呼吸。

译文

黍子齐整一行行，稷实累累长得壮。走起路来步迟疑，可怜心中闷得慌。知我之人说我忧，不知之人问何求。悠悠苍天你在上，是谁使我如此愁？

君子于役

原文

君子于役，不知其期，曷至哉①？鸡栖于埘②，日之夕矣，羊牛下来。君子于役，如之何勿思！

注释

①曷：何时。

②埘（shí）：泥砌的鸡窝。

译文

夫君去服役，遥遥无定期，回家在何时？鸡子宿了窝，日头已下落，羊牛走下坡。夫君去服役，心中岂不思！

原文

君子于役，不日不月。曷其有佸①？鸡栖于桀②，日之夕矣，羊牛下括③。君子于役，苟无饥渴！

注释

①佸（huó）：相会：

②桀（jié）：木制的鸡窝。

③括：通“佸”，来，聚会。

译文

夫君去服役，遥遥无定期，何时回家来？鸡子宿了窝，日头已下落，羊牛走下坡。夫君去服役，愿他无饥渴！

君子阳阳

原文

君子阳阳①，左执簧，右招我由房②，其乐只且③！

注释

①阳阳：通“洋洋”。

②由：从，入。

③只且（jū）：语助。

译文

君子喜洋洋，左手持笙簧，右手招我进卧房，其情实欢畅！

原文

君子陶陶①，左执翿②，右招我由敖③，其乐只且！

注释

①陶陶：快乐貌。

②翿（dào）：羽旄制成的舞具。

③敖：游嬉。

译文

君子乐陶陶，左手挈着鸟羽旄，右手招我同舞蹈，其乐实逍遥！

采葛

原文

彼采葛兮，一日不见，如三月兮！

译文：

采葛好姑娘，一日不相见，好似三月长！

原文

彼采萧兮①，一日不见，如三秋兮②！

注释

①萧：蒿的一种。

②三秋：此处应为三季，即九个月。

译文

采萧好姑娘，一日不相见，犹似三季长！

原文

彼采艾兮①，一日不见，如三岁兮！

注释

①艾：即香艾。

译文

采艾好姑娘，一日不相见，竟似三年长！

大 车

原文

大车槛槛[①]，毳衣如菼[②]。岂不尔思？畏子不敢。

注释

①槛槛（kǎn）：车行声。

②毳（cuì）衣：古代冕服。如菼（tǎn）：如萬之绿。菼，初生之荻。

译文

大车行槛槛，锦衣绿惹眼。难道不想你，怕你不果断。

原文

大车哼哼[①]，毳衣如璊[②]。岂不尔思？畏子不奔。

注释

①哼哼（tūn）：车行重缓貌。

②璊（mén）：赤玉。

译文

大车行沉重，锦衣如红玉。难道不想你，怕你不跟从。

原文

穀则异室[①]，死则同穴。谓予不信，有如皦日[②]。

注释

①穀：生长。

②皦（jiǎo）：同“皎”。明亮。

译文

活着不同房，死时同穴葬。你若不相信，太阳在天上。

丘中有麻

原文

丘中有麻，彼留子嗟[1]。彼留子嗟，将其来施施[2]。

注释

①留：古“刘”字。子嗟：字子嗟。

②将：请。施施：徐行貌。

译文

山丘有麻田，刘氏字子嗟。刘氏字子嗟，请他徐徐来。

原文

丘中有麦，彼留子国。彼留子国，将其来食。

译文：

山丘有麦田，刘氏字子国。刘氏字子国，请他来共餐。

原文

丘中有李，彼留之子。彼留之子，贻我佩玖[1]。

注释

①贻（yí）：赠。

译文

山丘有李园，刘氏有贤人。刘氏有贤人，赠我美玉还。

·郑　风·

缁　衣

原文

缁衣之宜兮①，敝予又改为兮②。适子之馆兮③，还予授子之粲兮④。

注释

①缁（zī）衣：黑衣。

②敝：破旧。予：而。

③馆：馆舍。

④粲：餐，食品。

译文

黑衣穿上很合身，旧了为你缝新衣。到你馆舍来照看，给你送来好食品。

原文

缁衣之好兮，敝予又改造兮。适子之馆兮，还予授子之粲兮。

译文：

黑衣穿上真好看，旧了再把新衣换。到你馆舍来照看，给你送来好食品。

原文

缁衣之席兮[1]，敝予又改作兮。适子之馆兮，还予授子之粲兮。

注释

①席：宽大。

译文

黑衣穿上多宽大，旧了再做也不差。到你馆舍来照看，给你送来好食品。

大叔于田

原文

叔于田，乘乘马[1]。执辔如组，两骖如舞。叔在薮[2]，火烈具举。禮裼暴虎[3]，献于公所。将叔勿狃[4]，戒其伤女。

注释

①乘（chéng）乘（shèng）马：乘，驾。乘马，四马拉车。

②薮（sǒu）：沼泽丛林。

③禮裼（tán xī）：赤膊。暴（bó）：即搏。

④狃（niǔ）：习惯。

译文

阿叔山林去打猎，驾着四匹马拉车。手执马辔如轻丝，两匹骖马奔若舞。阿叔打猎在沼泽，熊熊火把一齐举。赤膊上前杀猛虎，献于君王宫室中。请勿习惯频狩猎，防备猛虎将你伤。

原文

叔于田，乘乘黄。两服上襄[1]，两骖雁行。叔在薮，火烈具扬。叔善射忌[②]，又良御忌。抑磬控忌[③]，抑纵送忌[④]。

注释

①服：一车驾四马，居中两匹称服。襄（xiāng）：驾。

②忌：助词。

③抑：助词。磬（qīng）：驰马。控：止马。

④纵：射箭。送：逐兽。

译文

阿叔山林去打猎，驾着栗黄马拉车。两匹服马驾前辕，两匹骖马如飞雁。阿叔打猎在沼泽，熊熊火把起烈焰。阿叔善于发弓箭，又会驾马四周旋。阿叔驰骋制烈马，一箭如飞逐禽兽。

原文

叔于田，乘乘鸨[①]。两服齐首，两骖如手。叔在薮，火烈具阜[②]。叔马慢忌，叔发罕忌[③]。抑释掤忌[④]，抑鬯弓忌[⑤]。

注释

①鸨（bǎo）：黑白杂毛马，又称乌骢。

②阜（fù）：燃烧。

③发：射箭。

④释：打开。掤（bīng）：箭筒盖。

⑤鬯（chàng）：盛弓袋。此谓将弓装于弓袋。

译文

阿叔山林去打猎，驾着花骢马拉车。两只服马并驾驱，两匹骖马如双手。阿叔打猎在沼泽，火把燃烧真炽烈。叔马除行渐缓慢，弯弓发箭也渐罕。揭开盖来装好箭，解开弓袋将弓掩。

清 人

原文

清人在彭①，驷介旁旁②。二矛重英③，河上乎翱翔。

注释

①清：郑国城邑。

②驷：驾车的四马。介：甲。旁旁：同“彭彭”。强壮貌。

③英：即“缨”。

译文

清人在彭守边防，驷马披甲真强壮。两只长矛重重缨，立于河上任飞翔。

原文

清人在消，驷介麃麃①。二矛重乔②，河上乎逍遥。

注释

①麃（biào）麃：英武貌。

②乔：同“英”。

译文

清人在消守边戍，驷马披甲真英武。两只长矛重重缨，立于河上多逍遥。

原文

清人在轴，驷介陶陶①。左旋右抽，中军作好②。

注释

①陶（dào）陶：驱驰貌。

②作好：武艺高超。

译文

清人在轴驻边守，驷马披甲任奔走。左旋右转抽军刀，中军主帅本领高。

羔 裘

原文

羔裘如濡[①]，洵直且侯[②]。彼其之子，舍命不渝[③]。

注释

①濡：润泽。

②侯：美好。

③渝：变。

译文

羔皮润泽作长袍，确是舒直又美妙。辛辛苦苦的大臣，拼死为国不变心。

原文

羔裘豹饰，孔武有力。彼其之子，邦之司直[①]。

注释

①司直：负责察人过失的官吏。

译文

皮袍袖口饰豹皮，显出勇武有神力。勤勤勉勉的大臣，维护法纪要靠你。

原文

羔裘晏兮[①]，三英粲兮[②]。彼其之子，邦之彦也[③]。

注释

①晏（yàn）：鲜盛貌。

②粲：色彩艳丽。

③彦：美士。

译文

羔皮长袍美无比，三列豹饰好鲜丽。风流俊秀的大臣，国之美士数第一。

山有扶苏

原文

山有扶苏，隰有荷华[①]。不见子都[②]，乃见狂且[③]。

注释

①隰（xí）：洼地。

②子都、子充：同一恋人，实为所见男子。

③狂：粗狂之人。且（jū）：语助词。

译文

山上植满扶苏树，洼地开遍鲜荷花。不见子都情哥哥，碰上你这坏家伙。

原文

山有乔松，隰有游龙①。不见子充，乃见狡童。

注释

①游龙：红草，水荭。

译文

山上种满马尾松，洼地低湿生水荭。不见子充情哥哥，碰上你这小顽童。

萚兮

原文

萚兮萚兮①，风其吹女②。叔兮伯兮③，倡予和女④。

注释

①萚（tuò）：落地叶。

②女：汝，你。

③叔、伯：男子之谓。

④倡：唱。和（hè）：和谐地伴唱。

译文

树叶落地叶叶黄，风儿吹你萧萧响。我的哥哥好情郎，你来领歌我和唱。

原文

萚兮萚兮，风其漂女①。叔兮伯兮，倡予要女②。

注释

①漂：同“飘”。

②要（yāo）：相约，相伴。

译文

树叶落地叶叶黄，风儿飘你飞四方。我的哥哥好情郎，你来领歌我伴唱。

东门之墠[1]

原文

东门之墠，茹藘在阪[2]。其室则迩，其人甚远。

注释

①墠（shàn）：土坪。

②茹藘（rú lǜ）：茜草。阪（bǎn）：山坡。

译文

东门之外有土坪，山坡茜草绿茵茵。可叹那家虽很近，那人却远难相亲。

原文

东门之栗，有践家室[1]。岂不尔思？子不我即[2]。

注释

①践：陈列整齐。

②即：接触。

译文

东门之外栗树生，屋宇楼阁齐整整。怎么不在想着你？你不主动来亲近。

风　雨

原文

风雨凄凄，鸡鸣喈喈①。既见君子，云胡不夷②？

注释

①喈喈（jiē）：犹“唧唧”。

②夷：平，和，满足。

译文

风雨凄凄秋夜长，鸡鸣声声天始亮。既见君子来相会，心中哪得不欢畅？

原文

风雨潇潇，鸡鸣胶胶①。既见君子，云胡不瘳②？

注释

①胶胶：犹“啾啾”。

②瘳（chōu）：病愈。

译文

风雨潇潇秋夜长，鸡鸣声声音胶胶。既见君子来相会，心病哪能不见好？

原文

风雨如晦，鸡鸣不已①。既见君子，云胡不喜？

注释

①不已：不停。

译文

风雨晦暗秋夜长，鸡鸣声声不停息。既见君子来相会，心头哪能不欢喜？

子 衿

原文

青青子衿①，悠悠我心。纵我不往，子宁不嗣音②？

注释

①子：男士。衿（jīn）：衣领，此处指学子的衣服。

②嗣（sì）：续，接上。

译文

君子衣领青又青，悠悠思君伤我心。即使我不去拜访，难道你就不回音？

原文

青青子佩，悠悠我思。纵我不往，子宁不来？

译文：

君子佩玉青又青，悠悠思君伤我怀。即使我不去拜访，难道你就不能来？

原文

挑兮达兮[1]，在城阙兮。一日不见，如三月兮。

注释

①挑、达：往来相见貌。

译文

君子交往情切切，城边同游又相别。如果一日不见面，相思若渴如三月。

扬之水

原文

扬之水，不流束楚[1]。终鲜兄弟[2]，维予与女。无信人之言，人实迋女[3]。

注释

①束楚：同“束薪”。

②鲜：少。

③迋（kuàng）：同“诳”，欺骗。

译文

激荡之水，难载束薪。兄弟不多，你我二人。勿信谗言，将你哄骗。

原文

扬之水，不流束薪。终鲜兄弟，维予二人。无信人之言，人实不信。

译文:

激荡之水，难载束薪。兄弟不多，你我二人。勿听谗言，人不可信。

出其东门

原文

出其东门，有女如云。虽则如云，匪我思存①。缟衣綦巾②，聊乐我员③。

注释

①存：不忘。

②缟（gǎo）：白娟。綦（jī）：暗绿色。

③员：语助词。

译文

走出东门外，美女多如云。虽则多如云，却非相思人。素衣结绿巾，才是可心人。

原文

出其闉阇①，有女如荼②。虽则如荼，匪我思且。缟衣茹藘③，聊可与娱。

注释

①闉阇（yīn dū）：闉，曲城。阇，城台。

②荼（tú）：荼茅，花白色。

③茹藘：原指茜草，根红可染色，此处代红巾。

译文

走出外城门，美女白如荼。虽然白如荼，却非意中人。素衣结红巾，与她同欢心。

野有蔓草

原文

野有蔓草，零露漙兮①。有美一人，清扬婉兮②。邂逅相遇③，适我愿兮④。

注释

①漙（tuán）：极多貌。

②婉：美好。

③邂逅（xiè hòu）：不期而遇。

④适：称。

译文

野山蔓草多茂盛，闪闪露珠水盈盈。有位美女好秀丽，眉角飞扬目又清。谁知今日巧相遇，样样都好称我心。

原文

野有蔓草，零露瀼瀼①。有美一人，婉如清扬。邂逅相遇，与子偕臧②。

注释

①瀼（ráng）瀼：露盛貌。

②臧（zāng）：善；好。

译文

野山蔓草多茂盛，露珠晶莹水盈盈。有位美女好雅丽，眉清目秀白生生。谁知今日巧相遇，我们相爱多可心。

溱洧

原文

溱与洧，方涣涣兮①。士与女，方秉蕳兮②。女曰观乎？士曰既且③。且往观乎？洧之外，洵訏且乐④。维士与女，伊其相谑，赠之以芍药。

注释

①涣涣：春水盛貌。

②蕳（jiān）：兰草。

③既：已经。且（cú）：借为“徂”，往。

④訏（xū）：大。

译文

溱河与洧河，春来水哗哗。小伙与姑娘，手中捧兰花。她问去前边？他答曾去过。何不别处游？洧水十里外，无边乐悠悠。小伙伴姑娘，嬉笑尽风流，芍药送在姑娘手。

原文

溱与洧，浏其清矣①。士与女，殷其盈矣②。女曰观乎？士曰既且。且往观乎？洧之外，洵訏且乐。维士与女，伊其将谑，赠之以芍药。

注释

①浏：水流清澈。

②般：众多。

译文

溱河与洧河，水波清又清。小伙与姑娘，众多涌如云。她问去前边？他答刚去过。何不别处游？洧水十里滩，地大乐悠悠。小伙伴姑娘，嬉笑尽癫狂，芍药赠给美娇娘。

·齐风·

鸡鸣

原文

“鸡既鸣矣，朝既盈矣①。”“匪鸡则鸣②，苍蝇之声。”

注释

①朝：朝廷。盈：满。此二句为妃子所言。

②匪：通“非”。此二句为国君所言。后两章同。

译文

“公鸡喔喔叫，上朝人已到。”“不是鸡在叫，苍蝇嗡嗡闹。”

原文

“东方明矣，朝既昌矣①。”“匪东方则明，月出之光。”

注释

①昌：多。

译文

“东方天已明，朝堂人盈盈。”“不是东方明，月色亮晶晶。”

原文

“虫飞薨薨①，甘与子同梦。”“会且归矣②，无庶予子憎③。”

注释

①薨（hōng）薨：虫鸣声。指天已大亮。

②会：早朝君臣相会。

③庶：幸，希冀之意。予：我。子：你，指同床的妃子。

译文

“飞虫闹轰轰，愿与你同梦。”“早朝即刻散，望臣别怨憎。”

南　山

原文

南山崔崔①，雄狐绥绥②。鲁道有荡，齐子由归。既曰归止，曷又怀止③？

注释

①崔崔：崔嵬。

②绥绥：行走缓慢，求匹之貌。此以南山之狐喻齐襄公之荒淫。文姜与其兄齐襄王私通，嫁给鲁桓公后与襄公关系不断。后来，鲁桓公与文姜同到齐国，遭杀身之祸。文姜与襄公更加淫乱。

③怀：怀念。止：之。

译文

南山崔嵬高千尺，雄狐逡巡步迟疑。鲁国大道荡坦坦，文姜由此嫁鲁桓。既然已经出了嫁，何故襄公怀念她？

原文

葛屦五两①，冠緌双止②。鲁道有荡，齐子庸止③。既曰庸止，曷又从止④？

注释

①两：双。

②冠緌（ruí）：帽穗。

③庸：由。

④从：由，谓襄公追求文姜。

译文

葛布做鞋结成对，帽穗垂挂也成双。鲁国大道坦荡荡，文姜由此嫁鲁桓。既然已经出了嫁，何故襄公恋着她？

原文

蓺麻如之何①？衡从其亩②。取妻如之何？必告父母。既曰告止，曷又鞠止③？

注释

①蓺（yì）：种植。

②衡从：即横纵。亩：田垄。

③鞠：放纵。

译文

种麻应该怎么办？纵横耕耘田垄上。娶妻应该怎么办？必定先要禀父母。既然已经告父母，何故襄公纵情欲？

原文

析薪如之何？匪斧不克。取妻如之何？匪媒不得。既曰得止，曷又极止①？

注释

①极：放纵无束。

译文

劈柴应该怎么办？不用斧头劈不开。娶妻应该怎么办？不遣媒妁不能成。既然已经完了婚，何故襄公又乱情？

甫 田

原文

无田甫田①，维莠骄骄②。无思远人，劳心忉忉③。

注释

①甫：大。第一个“田”为动词：意为种田。此诗劝时人勿厌小而务大，勿近而图远。

②莠（yǒu）：杂草。骄骄：借为“乔乔”，草盛貌。

③忉忉（dāo）：忧思状。

译文

不要贪心种大田，结果只会生杂草。不要苦苦念远人，忧思绵绵伤精神。

原文

无田甫田，维莠桀桀①。无思远人，劳心怛怛②。

注释

①桀桀：茂盛貌。

②怛（dá）怛：忧劳貌。

译文

不要贪心种大田，结果野草勃勃生。不要痴情念远人，忧思忡忡愁断魂。

原文

婉兮娈兮①，总角丱兮②。未几见兮，突而弁兮③。

注释

①婉、娈：年少而貌美。

②丱（guàn）：旧时儿童束发如两角之貌。

③弁（biàn）：古代男子年满二十加冠称弁，以示成年。

译文

那个孩子多俊俏，儿时束髻蹦蹦跳。不多时日忽相见，他却居然成弱冠。

卢令

原文

卢令令①，其人美且仁。卢重环，其人美且鬈②。卢重鋂③，其人美且偲④。

注释

①卢：猎犬名。令令：铃响声。

②鬈（quán）：发好貌，引申为美好、勇壮。

③鋂（méi）：一大环套二小环。

④偲（cāi）：多才。

译文

猎犬带铃响丁丁，猎人威武又可亲。猎犬颈上有双环，猎人俊美又勇敢。猎犬颈上三环套，猎人多才又美貌。

猗嗟

原文

猗嗟昌兮①，颀而长兮。抑若扬兮②，美目扬兮。巧趋跄兮③，射则臧兮。

注释

①猗嗟：赞叹声。昌：美好的样子。

②抑（yì）：同“懿”，美好。扬：借为“阳”，明亮。

③趋：急走。跄：步有节奏，摇曳生姿。

译文

体格健壮，身材颀长。英俊高昂，双眼明亮。灵巧快步姿态妙，弯弓射箭技术好。

原文

猗嗟名兮①，美目清兮。仪既成兮，终日射侯②。不出正兮③，展我甥兮④。

注释

①名：借为“明”，面色明净。

②射侯：射靶。

③正：靶心。

④展：诚然，真是。甥：古代女子也称丈夫为甥。

译文

面色明净，目光清澄。礼仪已毕，箭射终日。箭中靶心不偏差，我的丈夫真潇洒。

原文

猗嗟娈兮①，清扬婉兮。舞则选兮②，射则贯兮③，四矢反兮④，以御乱兮⑤。

注释

①娈：美好。

②选：才华出众。

③贯：穿透。

④反：箭皆射中一个点。

⑤御乱：防御战乱。

译文

容颜俊俏，眉目温婉。舞姿出众，射箭拔尖。四箭都把靶心中，保家卫国可立功。

·魏 风·

葛 屦

原文

纠纠葛屦①，可以履霜②？掺掺女手③，可以缝裳。要之襋之④，好人服之⑤。

注释

①纠纠：交错纠缠，破烂貌。

②可（hé）：何。履：踏。

③掺（sān）掺：犹“纤纤”。

④要（yāo）：通“褄”。男子下服的腰部。襋（jí）：衣领。

⑤好人：贵人。

译文

草鞋破烂脚上穿，可怜如何踩秋霜？玉指纤纤玲珑手，能够缝制好衣裳。缝好腰身和衣领，贵人急急试新装。

原文

好人提提①，宛然左辟②。佩其象揥③，维是褊心④，是以为刺。

注释

①提提：安舒貌。

②宛然：转身让路的样子。辟：借为“避”。

③揥（tì）：发簪。

④褊：即“偏”。

译文

贵人走路多安祥，众人让路左边站。头上插着象牙簪，却是心偏小气量，因此刺她写诗章。

汾沮洳

原文

彼汾沮洳①，言采其莫③。彼其之子，美无度。美无度，殊异乎公路③。

注释

①汾（fén）：汾水。沮洳（jū rú）：低湿之地。

②莫（mù）：野菜名，其味酸。

③公路：掌管王公车驾的官吏。

译文

在那汾河潮湿地，采得野菜一篮篮。有个小伙使人想，俊美可爱不可言。俊美可爱不可言，和那高官不沾边。

原文

彼汾一方，言采其桑。彼其之子，美如英①。美如英，殊异乎公行②。

注释

①英：花。此处意为“英华”，指神采之美。

②公行：掌管王公军队的官吏。

译文

在那汾河水一方，采得桑叶担担装。有个小伙使人想，朝气蓬勃美英华。朝气蓬勃美英华，不跟高官是一家。

原文

彼汾一曲①，言采其萎②。彼其之子，美如玉。美如玉，殊异乎公族③。

注释

①曲：河湾。

②萎（xù）：泽泻草，亦名水沓菜。

③公族：掌管王公宗族事务的官吏。

译文

在那汾河转弯处，采得泽泻回家煮。有个小伙使人想，美如玉石真难忘。美如玉石真难忘，他与高官不一样。

伐　檀

原文

坎坎伐檀兮①，寘之河之干兮②。河水清且涟猗③。不稼不穑④，胡取禾三百廛兮⑤？不狩不猎，胡瞻尔庭有县貆兮⑥？彼君子兮，不素餐兮！

注释

①坎坎：伐木声。

②寘：同“置”。干：岸。

③涟：水纹。猗：语气词“啊”。

④稼：耕种。穑：收割。

⑤胡：何。廛（chán）：千亩，即顷。

⑥县：同“悬”。貆（huán）：即獾。

译文

砍伐檀树声坎坎，把它放置河旁边。河水清清泛细浪。不耕田来不收割，何有庄稼三百顷？不捕兽来不围猎，为何庭中挂野獾？那些君子啊，不能白吃饭啊！

原文

坎坎伐辐兮[1]，寘之河之侧兮。河水清且直猗。不稼不穑，胡取禾三百亿兮[2]？不狩不猎，胡瞻尔庭有县特兮[3]？彼君子兮，不素食兮！

注释

①辐：车轮的辐条。

②亿：束。

③特：三岁小兽。

译文

砍伐檀树做车辐，把它放置河一侧。河水清清泛绿波。不耕田来不收割，何有稻禾三百束？不捕兽来不围猎，为何庭中挂野兽？那些君子啊，不能白吃粮啊！

原文

坎坎伐轮兮，寘之河之漘兮[1]。河水涛且沦猗[2]。不稼不穑，胡取禾三百囷兮[3]？不狩不猎，胡瞻尔庭有县鹑兮？彼君子兮，不素飧兮[4]。

注释

①漘：河边。

②沦：小波浪。

③囷（qūn）：捆。

④飧（sūn）：熟食。

译文

砍伐檀树做车轮，把它放置河一边。河水清清起波浪。不耕田来不收割，何有稻子三百捆？不捕兽来不围猎，为何庭中挂鹌鹑？那些君子啊，不能白吃食啊！

硕鼠

原文

硕鼠硕鼠，无食我黍！三岁贯女[①]，莫我肯顾。逝将去女[②]，适彼乐土[③]。乐土乐土，爰得我所[④]？

注释

①贯：养。女：通“汝”。

②逝：通“誓”。去：离开。

③适：往。

④爰：何处，哪里。

译文

大老鼠啊大老鼠，不要再吃我的黍。三年始终喂养你，你却从未将我顾。我已决心离开你，去找那块安乐地。安乐地呀安乐地，哪是我的安身所？

原文

硕鼠硕鼠，无食我麦！三岁贯女，莫我肯德[①]。逝将去女，适彼乐国。乐国乐国，爰得我直[②]？

注释

①德：以之为德。意谓“感恩戴德”。

②直：通“职”，处所。

译文

大老鼠啊大老鼠，不要再吃我的麦。三年一直喂养你，你却从未感恩惠。我已决心离开你，去找那个安乐国。安乐国呀安乐国，哪是我的安身处？

原文

硕鼠硕鼠，无食我苗！三岁贯女，莫我肯劳。逝将去女，适彼乐邦。乐邦乐邦，谁之永号①？

注释

①永号：长哭。

译文

大老鼠啊大老鼠，不要再吃我的苗。三年始终喂养你，你却不议我辛劳。我已决心离开你，去找那个安乐邦。安乐邦呀安乐邦，我向哪个去哭诉？

·唐 风·

蟋 蟀

原文

蟋蟀在堂①，岁聿其莫②。今我不乐，日月其除③。无已大康④，职思其居⑤。好乐无荒⑥，良士瞿瞿⑦。

注释

①蟋蟀在堂：喻时已岁暮天寒。

②聿（yù）：语助词。莫：同“暮”。

③除：去。

④已：太，过。康：快乐。

⑤职：常。居：处，所处的地位。

⑥荒：荒淫。

⑦瞿瞿：警视貌。

译文

蟋蟀堂前叫，一年将终了。行乐不趁今，岁月就去了。不能过度乐，应思处境糟。娱乐不纵情，明士应警惕。

原文

蟋蟀在堂，岁聿其逝。今我不乐，日月其迈①。无已大康，职思其外②。好乐无荒，良士蹶蹶③。

注释

①迈：行。

②外：即外界的关系。

③蹶蹶（jué）：动，兴起。

译文

蟋蟀堂前叫，一年将终了。行乐不趁今，岁月就溜掉。不能太过分，应思意外生。娱乐不纵情，明士应振奋。

原文

蟋蟀在堂，役车其休。今我不乐，日月其慆[①]。无以大康，职思其忧。好乐无荒，良士休休[②]。

注释

①慆：逝去，过去。

②休休：乐而有节，安闲自得。

译文

蟋蟀堂前叫，役车都停靠。行乐不趁今，岁月就逝去。不能太过度，应思飞来祸。娱乐不纵情，明士可安稳。

山有枢

原文

山有枢[①]，隰有榆。子有衣裳，弗曳弗娄[②]。子有车马，弗驰弗驱。宛其死矣[③]，他人是愉。

注释

①枢（shū）、榆（yú）、栲（kǎo）、杻（niǔ）：皆为树木名。

②曳（yè）：拖。古时裳长曳地。娄：即“搂”，提着走。

③宛：通“菀”，萎死貌。

译文

山上有枢树，洼地长榆木。你有好衣裳，却不去装束。你有好车马，却不去驾驱。一日忽病死，只有他人乐。

原文

山有栲，隰有杻。子有廷内[1]，弗洒弗扫。子有钟鼓，弗鼓弗考[2]。宛其死矣，他人是保[3]。

注释

①廷：指宫室。

②考：敲。

③保：占有。

译文

山上有栲树，洼地长杻木。你有好宫室，却不去打扫。你有好钟鼓，不打也不敲。一天忽病亡，他人徒安享。

原文

山有漆，隰有栗。子有酒食，何不日鼓瑟？且以喜乐，且以永日。宛其死矣，他人入室。

译文：

山上有漆树，洼地长栗木。你有美酒食，何不鼓瑟饮？暂且为娱乐，以此度时光。一日忽病丧，他人来享乐。

扬之水

原文

扬之水，白石凿凿[①]。素衣朱襮[②]，从子于沃[③]。既见君子，云何不乐？

注释

①凿凿：鲜明貌。

②襮（bó）：绣有花纹的衣领。

③沃：地名。

译文

河水滚滚流，白石光溜溜。素衣红衫领，追君到曲沃。既已见到君，怎能不快乐？

原文

扬之水，白石皓皓[①]。素衣朱绣，从子于鹄[②]。既见君子，云何其忧？

注释

①皓皓：洁白。

②鹄（hú）：地名。

译文

河水滚滚流，石白多明净。素衣红锦绣，追君到鹄地。既已见到君，何事还心忧？

原文

扬之水，白石粼粼[①]。我闻有命，不敢以告人。

注释

①粼粼（lín）：明净貌。

译文

河水滚滚流，白石亮晶晶。闻君有使命，不敢告诉人。

采　苓

原文

采苓采苓，首阳之巅①。人之为言②，苟亦无信。舍旃舍旃③，苟亦无然④。人之为言，胡得焉？

注释

①首阳：首阳山。

②为（wěi）言：即伪言。为：借为“伪”。

③旃（zhān）：之，代词。

④苟：且。无然：不要相信真是这样。然，是，对。

译文

采呀采甘草，来到首阳顶。他人说谎话，不要轻听信。舍弃不可惜，不要去当真。他人说假话，何必要去听？

原文

采苦采苦，首阳之下。人之为言，苟亦无与①。舍旃舍旃，苟亦无然。人之为言，胡得焉？

注释

①与：用，采用。

译文

采呀采苦菜，来到首阳下。他人说谎话，不要去采纳。舍弃不可惜，不要去当真。他人说假话，何必要去听？

原文

采葑采葑，首阳之东。人之为言，苟亦无从。舍旃舍旃，苟亦无然。人之为言，胡得焉？

译文：

采呀采蔓菁，来到首阳东。他人说谎话，不要轻信从。舍弃不可惜，不要去当真。他人说假话，何必要去听？

·秦　风·

车　邻

原文

有车邻邻①，有马白颠②。未见君子，寺人之令③。

注释

①邻邻：车行声。

②颠（zhēn）：额。

③寺人：侍人。

译文

车声响辚辚，骏马白额头。不能见君子，侍官去请求。

原文

阪有漆，隰有栗。既见君子，并坐鼓瑟①。今者不乐，逝者其耋②。

注释

①瑟：古时弦乐器，似琴。

②耋（dié）：衰老。八十岁为耋。

译文

山坡长漆树，洼地有栗木。既已见君子，并坐弹琴瑟。此时不行乐，等到老糊涂。

原文

阪有桑，隰有杨。既见君子，并坐鼓簧。今者不乐，逝者其亡。

译文：

山坡长桑树，洼地生杨树。既已见君子，并坐吹笙簧。此时不行乐，死去怨恨长。

无衣

原文

岂曰无衣？与子同袍。王于兴师，修我戈矛，与子同仇！

译文：

谁说我们无军衣？与你曾披一战袍。大王兴师保边疆，修理我戈与我矛，同仇敌忾士气高！

原文

岂曰无衣？与子同泽①。王于兴师，修我矛戟，与子偕作②！

注释

①泽：里衣。

②作：起，开始行动。

译文

谁说我们无军衣？与你曾穿一内装。大王兴师保边疆，修理我矛和我戟，同仇敌忾举刀枪！

原文

岂曰无衣？与子同裳。王于兴师，修我甲兵，与子偕行！

译文：

谁说我们无军衣？与你曾穿一下装。大王兴师保边疆，修理兵器与盔甲，同仇敌忾上战场！

权舆

原文

於我乎①！夏屋渠渠②，今也每食无馀。于嗟乎！不承权舆③。

注释

①於：与，对待。此处作善待。

②夏屋：较大的食器。渠渠：丰盛。

③承：继续。权舆：草木萌芽的状态，引申为初时。

译文

过去那样善待我！杯盘大大酒宴丰，如今餐餐无剩馀。唉！日子不能比当初。

原文

於我乎！每食四簋①，今也每食不饱。于嗟乎！不承权舆。

注释

①簋（guǐ）：古代食器。

译文

过去那样善待我！每餐四盘不可少，如今餐餐吃不饱。唉！日子不能比当初。

·陈 风·

宛 丘

原文

子之汤兮①，宛丘之上兮。洵有情兮，而无望兮。

注释

①汤（dàng）：荡。

译文

姑娘起舞飘荡荡，翩翩旋转宛丘上。心中实有千般情，默默想念却无望。

原文

坎其击鼓①，宛丘之下。无冬无夏，值其鹭羽②。

注释

①坎：拟声词。

②值：持。

译文

姑娘击鼓冬冬响，翩翩起舞宛丘下。不分冬来不分夏，枝枝鹭羽手中拿。

原文

坎其击缶①，宛丘之道。无冬无夏，值其鹭翿②。

注释

①缶（fǒu）：瓦罐。

②鹭翿（dào）：以鹭鸶羽毛为饰的旗。

译文

姑娘击缶响冬冬，翩翩起舞宛丘路。不分夏来不分冬，枝枝羽旗手中拿。

东门之枌

原文

东门之枌①，宛丘之栩②。子仲之子，婆娑其下。

注释

①枌（fén）：白榆。

②栩（xǔ）：柞树。

译文

东门之旁榆树生，宛丘之下栩木长。子仲家中那女子，婆娑林间美罗裳。

原文

穀旦于差①，南方之原。不绩其麻②，市也婆娑③。

注释

①穀旦：美好日子。差：选择。

②绩：纺。
③市：郊外集市。

译文

良辰吉日细挑选，来到南郊好舞场。今日不用去纺麻，郊外共舞齐欢畅。

原文

榖旦于逝，越以鬷迈[1]。视尔如荍[2]，贻我握椒[3]。

注释

①越：往。鬷（zōng）：会聚。一说“多次”。迈：行。
②荍（qiáo）：锦葵。
③握：一把。

译文

良辰吉日去得快，来来回回多聚会。看你美似一枝葵，赠我花椒耐回味。

泽　陂

原文

彼泽之陂[1]，有蒲与荷。有美一人，伤如之何？寤寐无为，涕泗滂沱。

注释

①陂（pí）：湖边。

译文

在那清水池塘边，嫩蒲新绿荷花艳。有位英俊美男子，苦苦想他怎么办？彻夜缱绻难入睡，只为相思泪涟涟。

原文

彼泽之陂，有蒲与蕳[①]。有美一人，硕大且卷[②]。寤寐无为，中心悁悁[③]。

注释

①蕳：(jiān)：兰草，也作莲。

②硕大：身材高大。卷（quán)：同“婘”，美好貌。

③悁悁：忧愁貌。

译文

在那清水池塘边，嫩蒲新绿荷花艳。有位潇洒美男子，身材魁伟相貌美。朝思暮想难入眠，心中郁闷拭珠泪。

原文

彼泽之陂，有蒲菡萏[①]。有美一人，硕大且俨[②]。寤寐无为，辗转伏枕。

注释

①菡萏（hàn dàn)：荷花。

②俨（yǎn)：庄重貌。

译文

在那清水池塘边，嫩蒲新绿荷花艳。有位堂堂美男子，身材高大貌庄严。朝思暮想难入睡，辗转反侧泣枕边。

·桧风·

羔裘

原文

羔裘逍遥，狐裘以朝①。岂不尔思？劳心忉忉。

注释

①朝：上早朝。

译文

君着羊袍喜逍遥，又穿狐裘上早朝。哪里不为你思谋？心中为你常忧劳。

原文

羔裘翱翔①，狐裘在堂。岂不尔思？我心忧伤。

注释

①翱翔：犹逍遥。

译文

君着羊袍喜逍遥，又穿狐裘赴公堂。哪里不为你思谋？愁肠不解思虑长。

原文

羔裘如膏，日出有曜①。岂不尔思？中心是悼②。

注释

①曜（yào）：光。

②悼：哀伤。

译文

羊皮如脂色泽亮，太阳一出闪光亮。哪里不为你思谋？心中整日满忧伤。

匪 风

原文

匪风发兮①，匪车偈兮②。顾瞻周道，中心怛兮③。

注释

①匪：彼。

②偈（jié）：疾驰貌。

③怛（dá）：悲伤。

译文

北风劲吹飕飕响，车轮滚滚奔前方。回头张望那大路，我的心中多悲伤。

原文

匪风飘兮，匪车嘌兮①。顾瞻周道，中心吊兮。

注释

①嘌（piāo）：迅疾。

译文

北风劲吹多凄凉，车轮滚滚跑得快。回头张望那大道，我的心中多悲哀。

原文

谁能亨鱼？溉之釜鬵①。谁将西归？怀之好音②。

注释

①溉（gài）：洗。釜（fǔ）：锅。鬵（xún）：较大的锅。

②怀：带；送。

译文

谁个想要把鱼烹？锅碗瓢盆先洗净。谁将回头向西行，快给我家传个信。

·曹　风·

蜉　蝣

原文

蜉蝣之羽①，衣裳楚楚。心之忧矣，於我归处？

注释

①蜉蝣（fú yóu）：虫名。

译文

蜉蝣翅膀薄又亮，像那鲜丽美衣裳。心中忧思重重生，我今归处在何方？

原文

蜉蝣之翼，采采衣服①。心之忧矣，於我归息？

注释

①采采：犹“楚楚”，鲜明貌。

译文

蜉蝣翅膀薄又轻，像那美艳好锦衣。心中忧思重重生，我今何处去安息？

原文

蜉蝣掘阅①，麻衣如雪。心之忧矣，於我归说②？

注释

①阅：洞穴。

②说（shuì）：休息。

译文

蜉蝣挖洞好安歇，身着雪白好麻衣。心中忧思重重生，我今安身去何地？

下泉

原文

冽彼下泉，浸彼苞稂①。忾我寤叹②，念彼周京。

注释

①苞（bāo）：丛生。稂（láng）：童梁，一种野草名。

②忾（kài）：叹息。

译文

冰冷寒泉地下淌，浸得稂草难生长。一觉醒来我长叹，想念京师心惆怅。

原文

冽彼下泉，浸彼苞萧①。忾我寤叹，念彼京周。

注释

①萧：艾蒿。

译文

冰冷寒泉地下淌，浸得艾蒿难生长。一觉醒来我长叹，想念京师心惆怅。

原文

洌彼下泉，浸彼苞蓍[1]。忾我寤叹，念彼京师。

注释

①蓍（shī）：草名。古代常用以占卜。

译文

冰冷寒泉地下淌，浸得蓍草难生长。一觉醒来我长叹，想念京师心惆怅。

原文

芃芃黍苗，阴雨膏之。四国有王，郇伯劳之[1]。

注释

①郇（xún）伯：周文王之子。

译文

蓬蓬勃勃黍子苗，雨水滋润节节高。四方诸国敬周王，王派郇伯来慰劳。

·豳 风·

七 月

原文

七月流火[①]，九月授衣。一之日觱发[②]，二之日栗烈。无衣无褐，何以卒岁？三之日于耜，四之日举趾[③]。同我妇子，馌彼南亩[④]，田畯至喜。

注释

①流火：火星偏西。

②一之日：十一月。为豳历纪日法。后与此同。觱（bì）发：滭泼的假借字，风寒。

③举趾：举足耕耘。

④馌（yè）：送食。

译文

七月火星移，九月添寒衣。十一月里冷风吹，十二月风更凛冽。如今没有粗布衣，教我如何度残冬？正月修犁锄，二月好下田间。老婆孩子来送饭，一送送到地南边，农官老爷笑开颜。

原文

七月流火，九月授衣。春日载阳，有鸣仓庚。女执懿筐[①]，遵彼微行[②]，爰求柔桑。春日迟迟，采蘩祁祁。女心伤悲，殆及公子同归。

注释

①懿：深。

②微行：小路。

译文

七月火星移，九月添寒衣。阳春三月暖洋洋，枝头黄莺把歌唱。一群女人提竹筐，走在田边小路上，结伴前去采嫩桑。春日来了漫又长，采蒿人儿来又往。姑娘心里暗悲伤，就怕公子将她抢。

原文

七月流火，八月萑苇[1]。蚕月条桑[2]，取彼斧斨[3]。以伐远扬，猗彼女桑。七月鸣鵙[4]，八日载绩。载玄载黄，我朱孔阳，为公子裳。

注释

①萑（huán）苇：芦苇。

②条：修剪。

③斨（qiān）：方孔斧。

④鵙（jú）：鸟名，又称子规。

译文

七月火星移，八月割芦苇。养蚕时节剪桑树，拿来斧子整树枝。长得高的踮着砍，采摘嫩桑给蚕食。七月子规凄声叫，八月大家来纺麻。麻布染成黑和黄，我染红布最拿手，为那公子做长褂。

东　山

原文

我徂东山[1]慆慆不归[2]。我来自东，零雨其濛。我东曰归，我心西悲。制彼裳衣，勿士行枚③。蜎蜎者蠋④，烝在桑野⑤。敦彼独宿⑥，亦在车下。

注释

①徂（cú）：往。

②慆慆：久。

③行枚：夜晚行军口含小木棍以免说话。

④蜎（yuān）蜎：蠕动貌。蠋（zhú）：桑虫。野蚕。

⑤烝（zhēng）：语助。

⑥敦：孤独貌。后“敦”，圆。

译文

我到东山去出征，久久不能还故园。如今我自东方归，细雨濛濛下不停。我自东方往家转，西望故园泪难干。制件普通百姓衣，不再行军去作战。山蚕蠕动行得慢，隐身桑林荒野间。我蜷一团独自宿，睡在车下难入眠。

原文

我徂东山，慆慆不归。我来自东，零雨其濛。果赢之实，亦施于宇。伊威在室，蟏蛸在户①。町畽鹿场②，熠燿宵行。不可畏也？伊可怀也。

注释

①蟏蛸（xiāo shāo）：虫名，长脚蜘蛛。

②町畽（tīng tuǎn）：屋边空地。

译文

我到东山去出征，久久不能还故园。如今我自东方归，细雨濛濛下不停。果树结实沉甸甸，藤蔓延伸到屋檐。土鳖屋中四处爬，蜘蛛织网在门边。宅旁田地成鹿苑，萤火夜里亮闪闪。难道荒凉不可怕？心里还是念着它。

原文

我徂东山，慆慆不归。我来自东，零雨其濛。鹳鸣于垤①，妇叹于室。洒扫穹窒，我征聿至。有敦瓜苦，烝在栗薪。自我不见，于今三年。

注释

①垤（dié）：土堆。

译文

我到东山去出征，久久不能还故园。如今我自东方归，细雨濛濛下不停。鹳鸟飞上土丘叫，妻子家中把气叹。打扫屋子堵鼠洞，只盼我能把家还。瓠瓜长得溜溜圆，堆在柴上无人管。自我当初离开家，时至今日整三年。

原文

我徂东山，慆慆不归。我来自东，零雨其濛。仓庚于飞，熠耀其羽。之子于归，皇驳其马。亲结其缡，九十其仪①。其新孔嘉，其旧如之何？

注释

①九十：言其多。全句指结婚礼仪盛大。

译文

我到东山去出征，久久不能还故园。如今我自东方归，细雨濛濛下不停。黄莺飞翔在蓝天，羽毛鲜艳多耀眼。回想当年妻嫁时，黄马花马驾车辕。母亲为她缠佩巾，种种礼仪都完善。新婚之时多美好，回家是否如初欢？

狼跋

原文

狼跋其胡[①]，载疐其尾[②]。公孙硕肤[③]，赤舄几几[④]。

注释

①跋：践踏。胡：野兽颔下的悬肉。
②疐（zhì）：绊倒。
③公孙：公爵之孙。硕肤：大肚皮。
④舄（xì）：鞋。几几：向上曲貌。

译文

老狼前行踩下巴，后退又把长尾踏。公孙肥硕肚皮大，弯勾红鞋穿脚下。

原文

狼疐其尾，载跋其胡。公孙硕肤，德音不瑕[①]。

注释

①德音：声誉、名望。瑕：毛病。此句为反语。

译文

老狼后退踩尾巴，前行又踩肥下巴。公孙肥硕肚皮大，声誉美好多“无瑕”。

二、“二雅”

·小　雅·

鹿鸣之什①

鹿　鸣

原文

呦呦鹿鸣，食野之苹。我有嘉宾，鼓瑟吹笙。吹笙鼓簧，承筐是将②。人之好我，示我周行③。

注释

①什（shí）：十。

②将：进献。

③周行（háng）：正道。

译文

呦呦野鹿鸣，来食野青苹。我有众嘉宾，弹瑟又吹笙。吹笙又鼓簧，献礼一筐筐。人们惠爱我，示我以路向。

原文

呦呦鹿鸣，食野之蒿。我有嘉宾，德音孔昭。视民不恌①，君子是则是效。我有旨酒，嘉宾式燕以敖②。

注释

①恌（tiāo）：轻佻。奸巧。

②燕：通“宴”。敖：遨游。

译文

呦呦野鹿鸣，来食野中蒿。我有众宾客，品行皆良好。教民不轻佻，依法来仿效。我有上等酒，宴宾同逍遥。

原文

呦呦鹿鸣，食野之芩[①]。我有嘉宾，鼓瑟鼓琴。鼓瑟鼓琴，和乐且湛[②]。我有旨酒，以燕乐嘉宾之心。

注释

①芩（qín）：茜类植物。

②湛：过度逸乐。

译文

呦呦野鹿鸣，来食野中芩。我有众宾客，鼓瑟又弹琴。鼓瑟又弹琴，和乐且纵情。我有上等酒，以快客人心。

采　薇

原文

采薇采薇，薇亦作止[①]。曰归曰归，岁亦莫止。靡室靡家，猃狁之故[②]。不遑启居，猃狁之故。

注释

①作：出生。

②猃狁：匈奴。

译文

采呀采呀去采薇，薇菜刚刚发新芽。回呀回呀快回家，眼看岁暮又到来。离了亲人没有家，为与猃狁相厮杀。不得安宁无闲暇，为与猃狁来厮杀。

原文

采薇采薇，薇亦柔止。曰归曰归，心亦忧止。忧心烈烈，载饥载渴。我戍未定，靡使归聘[①]。

注释

①聘（pìn）：探问。

译文

采呀采呀去采薇，薇菜鲜嫩发新芽。回呀回呀快回家，心中忧闷很牵挂。满腔愁绪如火焚，又饥又渴受煎熬。我们征战无休止，无人回家去探问。

原文

采薇采薇，薇亦刚止。曰归曰归，岁亦阳止[①]。王事靡盬，不遑启处。忧心孔疚，我行不来。

注释

①阳：农历十月。

译文

采呀采呀去采薇，薇菜长得很挺拔。回呀回呀快回家，转眼十月又到来。王事频频无休止，想要休息无闲暇。满腹忧愁真痛苦，只怕出征难归家。

原文

彼尔维何[1]？维常之华[2]。彼路斯何[3]？君子之车。戎车既驾，四牡业业[4]。岂敢定居，一月三捷！

注释

①尔：花盛貌。

②常：棠棣。

③路：大车。

④业业：高大貌。

译文

什么花儿开得盛？棠棣花开密层层。什么车儿高又大？那是元帅将军乘。驾起兵车又出战，四匹壮马齐奔腾。边地怎敢图安居，一月要争几回胜！

原文

驾彼四牡，四牡骙骙[1]。君子所依，小人所腓[2]。四牡翼翼，象弭鱼服[3]。岂不日戒，猃狁孔棘。

注释

①骙（kuí）骙：强壮貌。

②腓（fēi）：隐蔽。

③象弭（mǐ）：象牙镶饰的弓。鱼服：鱼皮做的箭袋。

译文

驾起四匹大公马，四马雄壮高又大。将帅乘车来指挥，掩护兵士也靠它。四匹马儿齐步跨，鱼皮箭袋雕弓挂。没有一天不警惕，猃狁猖獗军情急。

原文

昔我往矣，杨柳依依。今我来思[1]，雨雪霏霏。行道迟迟，载渴载饥。我心伤悲，莫知我哀！

注释

①思：语助词。

译文

回想当初上征途，杨柳依依随风舞。如今回家路途中，大雪纷纷满天飞。一路随队缓缓行，又渴又饥真劳累。我心悲伤感慨多，此中哀苦谁体会！

湛　露

原文

湛湛露斯，匪阳不晞[1]。厌厌夜饮[2]，不醉无归。

注释

①晞：干。

②厌厌：安乐貌。

译文

夜晚露水寒，无日晒不干。夜里饮开怀，不醉不归还。

原文

湛湛露斯，在彼丰草。厌厌夜饮，在宗载考[1]。

注释

①考：成。此指举行宴会。

译文

夜晚露水浓，滴滴落草丛。夜里开怀饮，宴设宗室中。

原文

湛湛露斯，在彼杞棘。显允君子[①]，莫不令德。

注释

①显：高贵。允：诚实。

译文

夜晚露水深，落于杞树林。君子贵且诚，实有好德行。

原文

其桐其椅[①]，其实离离。岂弟君子，莫不令仪。

注释

①椅（yī）：山桐子。

译文

林中生桐椅，果实挂树枝。和蔼好君子，举止有威仪。

彤弓之什

六　月

原文

六月棲棲[①]，戎车既饬[②]。四牡骙骙，载是常服[③]。猃狁孔炽，我是用急。王于出征，以匡王国。

注释

①棲棲：忙碌貌。

②饬（chì）：修整。

③常：画有日月的旗帜。服：泛指衣服、车马之类。

译文

六月人匆忙，备车上前方。四马皆强壮，日月旗帜扬。玁狁气焰盛，我朝边情急。奉命去出征，卫国保家乡。

原文

比物四骊，闲之维则。维此六月，既成我服。我服既成，于三十里。王于出征，以佐天子。

译文：

黑马强且壮，娴熟合规范。时已至六月，备好我戎装。戎装披在身，日行三十里。奉命去出征，助君保国防。

原文

四牡修广，其大有颙①。薄伐玁狁，以奏肤公②。有严有翼，共武之服。共武之服，以定王国。

注释

①颙（yóng）：大貌。

②肤公：大功。

译文

马儿长且大，貌伟真雄壮。奋力伐玁狁，建功在疆场。威严又齐整，共同去作战。共同去作战，定国保边防。

原文

猃狁匪茹[1]，整居焦获[2]。侵镐及方，至于泾阳。织文鸟章，白旆央央。元戎十乘，以先启行。

注释

①茹：度量。

②整：训练军队。居：同“据”，占据。焦获：地名。

译文

猃狁不自量，陈兵据我疆。侵扰镐和方，直入我泾阳。竖我鸟隼旗，白旆亮堂堂。大车有十乘，急行赴战场。

原文

戎车既安，如轾如轩[1]。四牡既佶[2]，既佶且闲。薄伐猃狁，至于太原。文武吉甫，万邦为宪[3]。

注释

①轾：车行向前倾。轩：车行向后仰。

②佶（jí）：强健。

③宪：楷模。

译文

兵车已安备，颠簸向前行。四马雄赳赳，壮健又娴熟。搏杀讨猃狁，驱敌至太原。吉甫能文武，诸侯称榜样。

原文

吉甫燕喜，既多受祉[1]。来归自镐，我行永久。饮御诸友[2]，炰鳖脍鲤。侯谁在矣，张仲孝友。

注释

①祉：福祉。

②御：进献。

译文

庆功宴吉甫，获赏多福禄。镐地已凯旋，行军时间久。群臣来赴宴，烹鳖脍鲤鱼。同座还有谁，孝悌张仲友。

采　芑

原文

薄言采芑[①]，于彼新田，于此菑亩[②]。方叔涖止，其车三千，师干之试。方叔率止，乘其四骐，四骐翼翼。路车有奭[③]，簟笰鱼服[④]，钩膺鞗革[⑤]。

注释

①芑（qǐ）：苦菜。

②菑（zī）亩：开垦一年的土地。

③奭（shì）：赭红色。

④簟笰（diàn fú）：蔽车的竹席。

⑤膺：马带。

译文

采啊采啊采苦菜，走到新田那边采，走到菑田这边采。方叔此地来相见，兵车配备共三千，出师御敌去守边。大将方叔率兵马，四骐缰绳手中拿，骐马四匹齐头奔。大车鲜红颜色明，竹席为帘皮车箱，马带饰缨皮辔绳。

原文

薄言采芑，于彼新田，于此中乡。方叔涖止，其车三千，旂旐央央。方叔率止，约軝错衡[①]，八鸾玱玱[②]。服其命服，朱芾斯皇，有玱葱珩[③]。

注释

①軝（qí）：车毂两端有皮革装饰的部分。

②玱（qiāng）：玉声。

③珩：佩玉。

译文

采啊采啊采苦菜，走到新田那边采，走到菑田那边采。方叔来此为主将，兵车配备共三千，龙旗龟幡颜色艳。主将方叔领队到，车毂车衡装饰新，八只鸾铃声声响。方叔受命穿戎装，朱红皮服多辉煌，身上碧玉响叮当。

原文

鴥彼飞隼，其飞戾天，亦集爰止。方叔涖止，其车三千，师干之试。方叔率止，钲人伐鼓[①]。陈师鞠旅[②]。显允方叔，伐鼓渊渊，振旅阗阗[③]。

注释

①钲人：击鼓传令者。

②鞠：宣告。

③阗（tián）阗：击鼓声。

译文

鹞鹰天空飞得高，一飞飞到九重霄，只只停在大树上。方叔来此为主将，兵车配备共三千，出师抗敌都争先。方叔率队上战场，士兵击鼓如雷鸣，列队严谨宣军令。方叔台上好神气，鼓声敲得阵阵响，击鼓进兵扬军威。

原文

蠢尔蛮荆，大邦为仇。方叔元老，克壮其犹。方叔率止，执讯获丑。戎车啴啴，啴啴焞焞①，如霆如雷。显允方叔，征伐玁狁，蛮荆来威②。

注释

①焞（tún）焞：盛貌。

②威：畏。

译文

蛮荆之族太愚狂，以我大国为仇敌。方叔朝中是元老，能谋善断计策高。方叔率兵赴战场，直捣敌军获俘虏。行行兵车多又长，朱红戎车闪亮光，车声如雷震破天。方叔领兵多神明，讨伐玁狁大功成，蛮荆由此畏神兵。

鸿　雁

原文

鸿雁于飞，肃肃其羽。之子于征，劬劳于野。爰及矜人①，哀此鳏寡。

注释

①爰：乃。

译文

鸿雁上下飞，双翅声声响。百姓被征召，辛劳在荒郊。可叹贫苦人，鳏寡添寂寥。

原文

鸿雁于飞，集于中泽。之子于垣，百堵皆作①。虽则劬劳，其究安宅？

注释

①百：言其多。

译文

鸿雁上下飞，聚集沼泽中。百姓筑城墙，已有百丈高。服役多劳苦，何得安乐所？

原文

鸿雁于飞，哀鸣嗷嗷。维此哲人，谓我劬劳。维彼愚人，谓我宣骄①。

注释

①宣：示。

译文

鸿雁上下飞，鸣声多伤悲。只有明白人，知我受劳累。那些蠢家伙，还说我骄躁。

白驹

原文

皎皎白驹，食我场苗。絷之维之①，以永今朝。所谓伊人，于焉逍遥？

注释

①絷（zhí）：绊。

译文

如雪小白驹，吃我田中苗。绳索系住它，在此长居留。我那好贤人，何处乐逍遥？

原文

皎皎白驹，食我场藿。絷之维之，以永今夕。所谓伊人，于焉嘉客？

译文：

如雪小白驹，吃我田中豆。绳索系住它，在此长居留。我那好贤人，何处作嘉宾？

原文

皎皎白驹，贲然来思①。尔公尔侯？逸豫无期。慎尔优游，勉尔遁思②。

注释

①贲（bēn）：奔。

②遁思：去意。

译文

如雪小白驹，奔跑来得快。你是公和侯？欢乐无定期。优游不过度，不要离开我。

原文

皎皎白驹，在彼空谷，生刍一束。其人如玉，毋金玉尔音，而有遐心。

译文：

如雪小白驹，空谷游逍遥，回来吃青草。贤人美如玉，勿惜你音讯，与我不相通。

节 南 山

原文

节彼南山①，维石岩岩②。赫赫师尹，民具尔瞻。忧心如惔③，不敢戏谈。国既卒斩，何用不监？

注释

①节：山高峻貌。

②岩岩：石堆积貌。

③惔（tán）：火烧。

译文

险峻终南山，石崖高又高。显赫尹太师，人人侧目瞧。心忧如火烧，不敢轻谈笑。国运快断绝，如何未知晓。

原文

节彼南山，有实其猗①。赫赫师尹，不平谓何。天方荐瘥②，丧乱弘多。民言无嘉，憯莫惩嗟③。

注释

①猗：山坡。

②瘥（cuó）：瘟疫。

③憯（cǎn）：乃。

译文

险峻终南山，山坡多宽广。显赫尹太师，不公多荒唐。天降大灾难，众人多死丧。百姓怨声起，竟不细思量。

原文

尹氏大师，维周之氐。秉国之均①，四方是维。天子是毗②，俾民不迷。不吊昊天，不宜空我师。

注释

①均：通“钧”，陶工制陶器所用的转盘，喻尹氏掌权。

②毗（pì）：辅助。

译文

尹氏大太师，国家的基石。国柄手中握，四方来维持。君王靠你助，你应正民心。老天爷不善，不该降灾难。

原文

弗躬弗亲，庶民弗信。弗问弗仕，勿罔君子。式夷式已，无小人殆。琐琐姻亚，则无朊仕①。

注释

①朊（wǔ）：厚。

译文

国事不亲问，百姓不信任。用人未察问，不该欺君子。暴虐要停止，不与小人亲。亲戚无才能，不宜担重任。

原文

昊天不傭①，降此鞠汹。昊天不惠，降此大戾。君子如届，俾民心阕[2]。君子如夷，恶怒是违。

注释

①傭：公平。

②阕：止息。

译文

老天不公平，降祸害百姓。老天不仁义，降下此灾难。君子如执政，人民得安宁。君子若公正，人民怒火平。

原文

不吊昊天，乱靡有定。式月斯生，俾民不宁。忧心如酲[1]，谁秉国成？不自为政，卒劳百姓。

注释

①酲（chéng）：病于酒。

译文

老天爷不善，祸乱从不断。月月时发生，百姓无安宁。心忧如酒醉，国柄谁继承？君王不临朝，百姓徒辛劳。

原文

驾彼四牡，四牡项领。我瞻四方，蹙蹙靡所骋[1]。方茂尔恶，相尔矛矣。既夷既怿[2]，如相酬矣。

注释

①蹙蹙（cù）：局促不得舒展。

②怿：喜悦。

译文

驱车驾四马，四马肥又壮。放眼看四方，地狭无所往。如今你作恶，持矛欲相搏。明日又和睦，举杯相敬祝。

原文

昊天不平，我王不宁。不惩其心，复怨其正。家父作诵，以究王汹。式讹尔心[1]，以畜万邦。

注释

①讹（é）：化。

译文

老天不公平，我王心难宁。你不怨自己，反怨他人谏。家父吟此篇，追究那祸根。快快思悔改，国运重昌盛。

正　月

原文

正月繁霜[1]，我心忧伤。民之讹言，亦孔之将。念我独兮，忧心京京。哀我小心，癙忧以痒[2]。

注释

①正月：周历六月。

②癙（shǔ）：忧闷。

译文

六月大霜降，我心好忧伤。民间谣言起，沸沸又扬扬。念我身孤独，愁绪痛断肠。小心且谨慎，犹如病一场。

原文

父母生我，胡俾我瘉[1]？不自我先，不自我后。好言自口，莠言自口。忧心愈愈，是以有侮。

注释

①瘉（yù）：病。

译文

父母生下我，为何使我忧？我生前不忧，我死后不愁。好话小人说，坏话小人讲。愁绪重重结，受欺更受辱。

原文

忧心惸惸①，念我无禄。民之无辜，并其臣仆。哀我人斯，于何从禄？瞻乌爰止，于准之屋？

注释

①惸（qióng）：忧虑不安。

译文

我心多忧苦，可叹很不幸。百姓本无辜，一同为奴仆。我等可怜人，何处得俸禄？乌鸦将栖息，驻留谁家屋？

原文

瞻彼中林，侯薪侯蒸。民今方殆，视天梦梦。既克有定，靡人弗胜。有皇上帝，伊谁云憎？

译文：

看那密林中，都成柴与薪。百姓入危境，老天徒昏昏。万事你主宰，天命不可违。高高天上皇，究竟怀恨谁？

原文

谓山盖卑，为冈为陵。民之讹言，宁莫之惩。召彼故老，讯之占梦。具曰予圣，谁知乌之雌雄。

译文：

谁言山岗低，却是大丘陵。民间谣言生，无人去制止。召来众故老，释梦问吉凶。皆言我圣人，雌雄辨不清。

原文

谓天盖高，不敢不局。谓地盖厚，不敢不蹐[1]。维号斯言，有伦有脊。哀今之人，胡为虺蜴[2]？

注释

①蹐（jí）：小步走。

②虺（huǐ）蜴：毒蛇。

译文

都说天很高，走路须弯腰。都说地很厚，行走须小步。百姓长呼号，此言说得好。可叹如今人，怎能怯如蛇？

原文

瞻彼阪田，有菀其特。天之杌我[1]，如不我克。彼求我则，如不我得。执我仇仇[2]，亦不我力。

注释

①扤（wù）：摧残。

②仇仇：缓慢无力。

译文

看那坡上田，禾苗多丰茂。上天摧残我，恐不制服我。当初恳求我，怕我不允诺。如今很怠慢，再不用我才。

原文

心之忧矣，如或结之。今兹之正，胡然厉矣？燎之方扬，宁或灭之？赫赫宗周，褒姒灭之！

译文：

心有百般怨，如有千千结。今日当政者，为何暴又恶？野火起势旺，谁能灭得光？西周多显赫，褒姒一笑亡！

原文

终其永怀，又窘阴雨。其车既载，乃弃尔辅。载输尔载，将伯助予！

译文：

心中常忧伤，阴雨多凄凉。车子已满载，栏板却抽光。货物遍地撒，叫伯快帮忙。

原文

无弃尔辅，员于尔辐。屡顾尔仆，不输尔载。终逾绝险，曾是不意。

译文：

别轻抽车板，以固车轮辐。顾念驾车夫，不堕车中物。终将渡险境，你却不在乎。

原文

鱼在于沼，亦匪克乐。潜虽伏矣，亦孔之炤。忧心惨惨，念国之为虐！

译文：

鱼儿池中游，如今难欢乐。虽潜深水中，水清犹可见。心中忧虑深，朝政太暴虐！

原文

彼有旨酒，又有嘉肴。洽比其邻，昏姻孔云①。念我独兮，忧心慇慇。

注释

①昏姻：亲友。

译文

他们有美酒，且有美佳肴。拉拢邻里人，结亲相来往。独我苦伶仃，心痛如刀绞。

原文

佌佌彼有屋①，蔌蔌方有穀②。民今之无禄，天夭是椓。哿矣富人③，哀此惸独。

注释

①佌（cǐ）佌：卑微貌，喻在位小人。

②蔌（sù）蔌：陋貌。穀：俸禄。

③哿（gě）：快乐。

译文

恶人有高屋，小丑备五谷，百姓最不幸，有祸没有福。富人乐哈哈，穷人好孤独。

谷风之什

谷风

原文

习习谷风，维风及雨。将恐将惧，维予与女。将安将乐，女转弃予！

译文：

大风呼啦啦，风吹雨又打。恐惧担忧时，是我许身嫁。安逸享乐时，你将我抛下！

原文

习习谷风，维风及颓①。将恐将惧，置予入怀。将安将乐，弃予如遗。

注释

①颓：暴风由上而下。

译文

大风呼啦啦，暴风上下刮。恐惧担忧时，你揽我入怀。安逸享乐时，你把我抛开。

原文

习习谷风，维山崔嵬①。无草不死，无木不萎。忘我大德，思我小怨。

注释

①崔嵬：山高貌。

译文

大风呼啦啦，山高多雄伟。无草不死去，无树不枯萎。不记我恩德，小过你怨怼。

蓼莪

原文

蓼蓼者莪，匪莪伊蒿①。哀哀父母，生我劬劳②。

注释

①伊：是。

②劬（qú）：劳苦。

译文

高高似莪草，原来是青蒿。可怜父母亲，养我真辛劳。

原文

蓼蓼者莪，匪莪伊蔚。哀哀父母，生我劳瘁。

译文：

高高似莪草，原来是牡蒿。可怜父母亲，养我真疲劳。

原文

瓶之罄矣①，维罍之耻②。鲜民之生，不如死之久矣。无父何怙③？无母何恃？出则衔恤④，入则靡至。

注释

①罄（qìng）：尽。

②罍（léi）：酒器。

③怙：依靠。

④恤：忧。

译文

酒瓶空荡荡，酒瓮愧难当。穷人活世上，不如早死亡。没爹依赖谁？没娘怎依仗？出门怀忧伤，进门无尊长。

原文

父兮生我，母兮鞠我[1]。拊我畜我[2]，长我育我。顾我复我[3]，出入腹我。欲报之德，昊天罔极。

注释

①鞠（jū）：养育。

②拊：抚摸。

③复：往来。

译文

爹爹生养我，娘亲哺育我。抚育爱护我，培育我成长。百看不生厌，出入抱怀中。欲报父母德，如天不可测。

原文

南山烈烈，飘风发发。民莫不穀，我独何害[1]！

注释

①害：忧虑。

译文

南山多威壮，暴风多迅疾。别人生活好，我独忧什么！

原文

南山律律[1]，飘风弗弗[2]。民莫不穀，我独不卒[3]。

注释

①律律：犹“烈烈”，高大威壮貌。

②弗弗，犹“发（bō）发”，迅疾貌。

③卒：为父母养老送终。

译文

南山多险峻，暴风也强劲。别人生活好，我独难尽孝。

北山之什

北　山

原文

陟彼北山，言采其杞。偕偕士子[1]，朝夕从事。王事靡盬，忧我父母。

注释

①偕（xié）偕：强壮貌。

译文

登那北山上，采摘枸杞子。士子身体好，早晚忙公事。差事做不完，我心忧父母。

原文

溥天之下[1]，莫非王土。率土之滨[2]，莫非王臣。大夫不均，我从事独贤[③]。

注释

①溥：同“普”。

②率：自。

③贤：劳苦。

译文

普天之下啊，无不是王土。四海之内啊，无人非王臣。大夫不公平，服役我最苦。

原文

四牡彭彭，王事傍傍[①]。嘉我未老[②]，鲜我方将[③]。旅力方刚，经营四方[④]。

注释

①傍傍：没有穷尽。

②嘉：嘉许。

③鲜：称赞。方将：正壮。

④经营：往来奔走。

译文

四马行大道，官差日夜忙。赞我年未老，夸我正强壮。臂力正刚强，遣我走四方。

原文

或燕燕居息，或尽瘁事国。或息偃在床，或不已于行。

译文：

有人安然在休息，有人为国耗尽力。有人悠闲躺床上，有人奔走不停息。

原文

或不知叫号，或惨惨劬劳。或栖迟偃仰，或王事鞅掌①。

注释

①鞅掌：烦劳。

译文

有人不听民悲号，有人忧虑很辛劳。有人逍遥任俯仰，有人奔走王事忙。

原文

或湛乐饮酒，或惨惨畏咎。或出入风议①，或靡事不为。

注释

①风议：放言空谈。

译文

有人饮酒且寻欢，有人畏谗常心寒。有人高谈又阔论，有人无事不苦干。

无将大车

原文

无将大车①，祇自尘兮。无思百忧，祇自疷兮②。

注释

①将（jiòng）：推。

②祇（qí）：忧病。

译文

别将大车推，徒惹一身灰。莫为小事愁，徒然乱心头。

原文

无将大车，维尘冥冥①。无思百忧，不出于颎②。

注释

①冥冥：尘飞貌。

②颎（jiǒng）：光明。

译文

别将大车推，昏暗扬尘灰。莫为小事愁，光明无处求。

原文

无将大车，维尘雝兮①。无思百忧，祇自重兮②。

注释

①雝：遮蔽。

②重（zhòng）：沉重，劳累。

译文

别将大车推，漫天尘灰飞。莫为小事愁，劳苦自承受。

瞻彼洛矣

原文

瞻彼洛矣，维水泱泱①。君子至止，福禄如茨②。韎韐有奭③，以作六师。

注释

①泱泱：水深广貌。

②茨：草屋顶，喻多。

③韎韐（mèi gé）：红色皮制蔽膝。奭（shì）：赤色。

译文

看那洛河水，茫茫阔无边。周王驾车来，福禄齐覆盖。身着红蔽膝，六军齐统率。

原文

瞻彼洛矣，维水泱泱。君子至止，鞞琫有珌①。君子万年，保其家室。

注释

①鞞琫（bǐ běng）：有纹饰的刀鞘。珌（bì）：刀鞘下饰。

译文

看那洛河水，茫茫阔无边。周王驾车来，刀鞘花纹鲜。君子寿万年，国家得昌盛。

原文

瞻彼洛矣，维水泱泱。君子至止，福禄既同①。君子万年，保其家邦。

注释

①同：会集。

译文

看那洛河水，茫茫阔无边。周王驾车来，福禄世无双。君子寿万年，保国安家乡。

裳裳者华

原文

裳裳者华①，其叶湑兮②。我觏之子，我心写兮。我心写兮，是以有誉处兮③。

注释

①裳裳：花丰盛貌。

②湑（xǔ）：茂盛貌。

③誉处：安乐。

译文

花朵放光华，绿叶郁苍苍。我见诸臣子，心情真舒畅。心情真舒畅，因此乐洋洋。

原文

裳裳者华，芸其黄矣①。我觏之子，维其有章矣②。维其有章矣，是以有庆矣。

注释

①芸：花叶发黄貌。

②有章：有才华。

译文

花朵放光华，片片皆金黄。我见诸臣子，才华世无双。才华世无双，有福真吉祥。

原文

裳裳者华，或黄或白。我觏之子，乘其四骆。乘其四骆，六辔沃若①。

注释

①沃若：威仪之盛。

译文

花朵放光华，白中也有黄。我见诸臣子，四马气宇昂。四马气宇昂，马辔列成行。

原文

左之左之，君子宜之。右之右之，君子有之。维其有之，是以似之。

译文：

左边要辅佐，君子很胜任。右边需辅助，君子很相称。人各用其长，子孙得永昌。

桑扈之什

桑扈

原文

交交桑扈，有莺其羽①。君子乐胥，受天之祜。

注释

①莺：鸟羽有文采。

译文

小巧玲珑青雀鸟，彩色羽毛多俊俏。祝贺各位常欢乐，上天赐福运气好。

原文

交交桑扈，有莺其领。君子乐胥，万邦之屏。

译文：

小小青雀在飞翔，头颈彩羽闪闪光。祝贺各位常欢乐，万方视你为屏障。

原文

之屏之翰，百辟为宪[①]。不戢不难[②]，受福不那[③]。

注释

①辟（bì）：国君。宪：法度。

②戢（jí）：收藏。难（nuó）：恐惧。

③不：语助。那（nuó）：多。

译文

你是屏障是骨干，诸侯以你为典范。不藏于心不畏怯，多福多禄难计算。

原文

兕觥其觩[①]，旨酒思柔。彼交匪敖[②]，万福来求[③]。

注释

①觩（qiú）：角弯貌。

②交：侥幸。敖：骄。

③求：聚。

译文

牛角酒杯弯又弯，美酒香醇酒性绵。不求侥幸不骄傲，万福齐聚遂心愿。

鸳鸯

原文

鸳鸯于飞，毕之罗之[①]。君子万年，福禄宜之。

注释

①毕：罗网。

译文

鸳鸯飞舞空中在，支好罗网将它捕。祝愿君子享长寿，年年福禄都相适。

原文

鸳鸯在梁，戢其左翼[①]。君子万年，宜其遐福[②]。

注释

①戢（jí）：收敛。

②遐（xiá）：长久。

译文

鸳鸯于梁来栖息，收拢它的左翅膀。祝愿君子享长寿，年年岁岁有福气。

原文

乘马在厩，摧之秣之①。君子万年，福禄艾之②。

注释

①摧（cuò）：铡碎的草。秣（mò）：用来喂马的杂谷。
②艾：养育。

译文

驾车之马拴马厩，喂它碎草和谷物。祝愿君子享长寿，多福多禄来养育。

原文

乘马在厩，秣之摧之。君子万年，福禄绥之①。

注释

①绥（suī）：安定。

译文

驾车之马拴马厩，喂它谷物和碎草。祝愿君子享长寿，多福多禄常平安。

采菽

原文

采菽采菽，筐之筥之①。君子来朝，何锡予之？虽无予之，路车乘马。又何予之？玄衮及黼②。

注释

①筐：方筐。筥（jiǔ）：圆筐。

②衮（gǔn）：有卷龙图纹的衣服。黼（fǔ）：黑白相间礼服。

译文

采大豆呀采大豆，方筐圆筐向里装。诸侯上朝见我王，天子赐予何奖赏？虽然没有厚赏赐，一辆大车四马壮。此外还要赏什么？花纹礼服绣龙裳。

原文

觱沸槛泉[1]，言采其芹。君子来朝，言观其旂。其旂淠淠，鸾声嘒嘒。载骖载驷，君子所届。

注释

①觱（bì）沸：泉水翻腾貌。

译文

在那翻腾涌泉旁，采摘芹菜手儿忙。诸侯入朝见我王，遥看龙旗已在望。旗帜飘飘随风扬，铃声也自响叮当。驷马骖马齐驾车，诸侯乘坐到明堂。

原文

赤芾在股，邪幅在下[1]。彼交匪纾[2]，天子所予。乐只君子，天子命之。乐只君子，福禄申之[3]。

注释

①邪幅：绑腿。

②交：衣领。代指衣服。纾：屈曲。

③申：重复。

译文

红色蔽膝包大腿，绑腿斜缠小腿上。衣服挺括无褶皱，此是天子所赐赏。诸侯公爵都欢欣，爵位都是天子赐。诸侯公爵都欢畅，洪福厚禄从天降。

原文

维柞之枝，其叶蓬蓬。乐只君子，殿天子之邦[①]。乐只君子，万福攸同。平平左右，亦是率从。

注释

①殿：安抚，镇定。

译文

柞树枝条长又长，树叶茂密真兴旺。诸侯公爵都快乐，辅佐天子镇四方。诸侯公爵都快乐，万种福禄尽安享。左右臣子都恭顺，跟从君王安国邦。

原文

汎汎杨舟，绋缅维之[①]。乐只君子，天子葵之[②]。乐只君子，福禄膍之[③]。优哉游哉，亦是戾矣[④]。

注释

①绋（fú）：系船的麻绳。缅（lí）：拉船的竹索。

②葵：估量，度量。

③膍（pí）：厚赐。

④戾（lì）：止，定。

译文

杨木船儿河中游，系往不动用绳缆。诸侯公爵都快乐，天子考察又衡量。诸侯公爵都快乐，厚赐福禄有嘉奖。从容自得多闲适，生活安定清福享。

菀柳

原文

有菀者柳，不尚息焉。上帝甚蹈，无自暱焉[①]。俾予靖之[②]，后予极焉[③]。

注释

①暱（nì）：病。

②靖：谋划。

③极：放逐。

译文

柳树虽繁茂，树下莫乘凉。上帝性无常，做官惹祸殃。曾邀我谋事，今贬到异乡。

原文

有菀者柳，不尚愒焉[①]。上帝甚蹈，无自瘵焉[②]。俾予靖之，后予迈焉。

注释

①愒（qì）：同“憩”，休息。

②瘵（zhài）：病。

译文

柳树虽茂密，树下莫栖息。上帝性无常，做官惹祸殃。曾邀我谋事，今流放边地。

原文

有鸟高飞，亦傅于天。彼人之心，于何其臻？曷予靖之，居以凶矜[①]？

注释

①矜：危境。

译文

鸟儿高飞翔，飞到蓝天上。昏君怀心思，怎能去估量？为他谋国事，为何遭祸殃？

都人士之什

都人士

原文

彼都人士[①]，狐裘黄黄。其容不改，出言有章[②]。行归于周[③]，万民所望。

注释

①都：美。
②章：规范。
③周：周朝京城。

译文

那位先生真漂亮，身穿狐裘颜色黄。音容相貌很独特，他一出口便成章。他要回到京都去，万人对他都敬仰。

原文

彼都人士，台笠缁撮[①]。彼君子女，绸直如发[②]。我不见兮，我心不说。

注释

①撮（cuō）：带子。

②绸：通“稠”。

译文

那位先生真漂亮，黑带草笠头上戴。他有一位好女儿，密密黑发直且长。不能看见他们俩，我的心中不欢畅。

原文

彼都人士，充耳琇实。彼君子女，谓之尹吉①。我不见兮，我心怨结。

注释

①尹：诚。吉：善。

译文

那位先生真漂亮，宝石耳坠悬两旁。他的那位好女儿，人们称赞德无双。不能看见他们俩，我心郁闷多惆怅。

原文

彼都人士，垂带而厉①。彼君子女，卷发如虿②。我不见兮，言从之迈。

注释

①厉：带之垂者。

②卷（quán）：发束翘起。虿（chài）：虫名，尾巴上翘。

译文

那位先生真漂亮，垂下佩带长又长。他的那位好女儿，黑发卷成螫虫样。不能看见他们俩，真想前去走一趟。

原文

匪伊垂之，带则有余。匪伊卷之，发则有旟①。我不见兮，云何盱矣。

注释

①旟（yú）：扬。

译文

他那佩带向下垂，带子飘飘长又长。她那头发卷又卷，头发随风轻飘荡。不能看见他们俩，长吁短叹好心伤。

隰　桑

原文

隰桑有阿①，其叶有难②。既见君子，其乐如何！

注释

①阿（é）：柔美貌。
②难（nuó）：盛貌。

译文

洼地桑树美，树叶也多姿。见到心上人，别提多高兴！

原文

隰桑有阿，其叶有沃。既见君子，云何不乐！

译文：

洼地桑树美，树叶油光光。见到心上人，怎不喜洋洋！

原文

隰桑有阿，其叶有幽①。既见君子，德音孔胶②。

注释

①幽：同“黝”，黑。

②胶：牢固。

译文

洼地桑树美，树叶绿又黑。见到心上人，美德感我心。

原文

心乎爱矣，遐不谓矣[①]！中心藏之，何日忘之？

注释

①遐：胡。何。

译文

心中爱慕他，何不对他讲！心中深爱他，何日能相忘？

绵 蛮

原文

绵蛮黄鸟[①]，止于丘阿。道之云远，我劳如何！饮之食之，教之诲之。命彼后车[②]，谓之载之[③]。

注释

①绵蛮：小鸟貌。
②后车：随行副车。
③谓：归。

译文

翩翩小黄鸟，栖息在山坳。道路多遥远，我真太疲劳！王赐饭和水，传言相教诲。还派副车来，载我归邦国。

原文

绵蛮黄鸟，止于丘隅。岂敢惮行[①]，畏不能趋。饮之食之，教之诲之。命彼后车，谓之载之。

注释

①惮：畏。

译文

翩翩小黄鸟，栖息在山腰。哪是怕走路，只怕走不到。王赐饭和水，传言相教诲。还派副车来，载我归邦国。

原文

绵蛮黄鸟，止于丘侧。岂敢惮行，畏不能极[①]。饮之食之，教之诲之。命彼后车，谓之载之。

注释

①极：至。

译文

翩翩小黄鸟，栖息在山旁。哪是怕走路，只怕走不到。王赐饭和水，传言相教诲。还派副车来，载我归邦国。

何草不黄

原文

何草不黄？何日不行？何人不将？经营四方！

译文：

何草不枯黄？何日不奔忙？何人不出征？往来奔四方！

原文

何草不玄？何人不矜[①]？哀我征夫，独为匪民？

注释

①矜（guān）：通“瘝”，病。

译文

何草不凋零？何人没有病？可叹众军士，难道不是人？

原文

匪兕匪虎，率彼旷野。哀我征夫，朝夕不暇。

译文：

犀牛和老虎，都在荒野走。可叹众军士，早晚走不休。

原文

有芃者狐，率彼幽草。有栈之车①，行彼周道。

注释

①栈：役车高大貌。

译文

狐毛蓬松松，钻入深草丛。征夫驾棚车，行进大路中。

·大雅·

文王之什

文王

原文

文王在上，於昭于天①。周虽旧邦，其命维新。有周不显②，帝命不时。文王陟降，在帝左右。

注释

①於（wū）：表赞美的语气词。

②不：语助，无义。下文“不时”“不亿”“无念”第一字同。

译文

文王高高在天上，辉煌耀眼放光芒。岐周自古虽邦国，天命已换新气象。周朝前途多光明，天王适时洪福降。文王升降是神灵，伴在上帝的身旁。

原文

亹亹文王①，令闻不已。陈锡哉周②，侯文王孙子。文王孙子，本支百世。凡周之士，不显亦世。

注释

①亹（wěi）亹：勤勉貌。

②陈：重复。

译文

勤勤恳恳周文王，美好德誉传四方。世代赐福继周朝，子子孙孙皆侯王。文王后世有子孙，直系旁系都兴旺。凡是周朝众官员，个个显赫有荣光。

原文

世之不显，厥犹翼翼。思皇多士，生此王国。王国克生，维周之桢。济济多士，文王以宁。

译文：

世代显贵有荣光，处事谨慎又周详。众多志士是俊杰，有幸此生在周邦。国都代代出贤臣，都是国家好栋梁。人才济济在一堂，文王以此得安康。

原文

穆穆文王，于缉熙敬止①。假哉天命②，有商孙子。商之孙子，其丽不亿③。上帝既命，侯于周服。

注释

①缉熙：光明。

②假：大。

③丽：数目。

译文

端庄恭敬周文王，谨慎英明又善良。上天意志多强大，殷商子孙皆归降。殷商子孙实在多，数以亿什难估量。上帝既已降旨意，众皆一起归周邦。

原文

侯服于周，天命靡常。殷士肤敏，祼将于京。厥作祼将，常服黼冔①。王之荩臣②，无念尔祖。

注释

①黼（fǔ）：白与黑也。冔（xǔ）：殷商礼帽。

②荩（jìn）：进用。

译文

众皆一起归周邦，可见天命多无常。殷商子弟也勤勉，浇酒京都助周王。祭行浇酒行礼时，仍然身着殷时装。周王忠臣多又多，祖先恩德不能忘。

原文

无念尔祖，聿修厥德。永言配命，自求多福。殷之未丧师，克配上帝。宜鉴于殷，骏命不易。

译文：

时时念及你先祖，慎修德行保安康。常言天命不可违，只求今生福禄长。殷商初得民心时，也曾遵循上天意。今日国亡是教训，保持天命不容易。

原文

命之不易，无遏尔躬。宣昭义问①，有虞殷自天②。上天之载，无声无臭。仪刑文王③，万邦作孚。

注释

①义问：好名誉。

②虞：借鉴。

③仪刑：效法。

译文

保持天命不寻常，国运勿断你手上。发扬先祖好声誉，借鉴上天亡殷商。上天之意难揣摸，无声无息多渺茫。只有勤勉效文王，万邦对你皆敬仰。

灵　台

原文

经始灵台，经之营之。庶民攻之①，不日成之。经始勿亟，庶民子来。

注释

①攻：修建。

译文

文王开始造灵台，细心经营巧安排。黎民百姓同施工，不到几日落成快。筑城本来不须急，百姓自愿来出力。

原文

王在灵囿，麀鹿攸伏①。麀鹿濯濯，白鸟翯翯。王在灵沼，於牣鱼跃。

注释

①麀（yōu）：母鹿。

译文

文王游览到灵苑，母鹿伏地很温驯。母鹿肥大一群群，小鸟俊美羽毛白。文王游览到灵沼，满池鱼儿齐跳跃。

原文

虡业维枞①，贲鼓维镛②。於论鼓钟③，於乐辟雍。

注释

①虡（jù）：木架以挂钟鼓。枞（cōng）：钟、磬上的老牙。

②贲（bēn）：大鼓。镛（yōng）：大钟。

③论：和。

译文

木架大版崇牙耸，悬挂大鼓和大钟。钟鼓齐鸣相应和，国君享乐在离宫。

原文

於论鼓钟，於乐辟雍。鼍鼓逢逢①，矇瞍奏公②。

注释

①鼍（tuó）：鳄鱼名。

②矇瞍（méng sǒu）：瞎眼乐师。

译文

钟鼓之声多和谐，离宫气氛也欢乐。咚咚大鼓鳄鱼皮，盲人乐师奏宫廷。

生民之什

生民

原文

厥初生民，时维姜嫄。生民如何？克禋克祀①，以弗无子。履帝武敏歆②，攸介攸止③，载震载夙④。载生载育，时维后稷。

注释

①禋（yīn）：祭天之礼。

②敏：大拇趾。歆：欣。

③介、止：独处。

④震：同“娠”。夙：同“肃”，慎戒。

译文

其初生周祖，母亲为姜嫄。周祖如何生？姜嫄勤祭祀，祈神降男子。踩了神趾印，独居侧室后，姜嫄有身孕。生下一男儿，他就是后稷。

诞弥厥月，先生如达。不坼不副①，无菑无害。以赫厥灵，上帝不宁。不康禋祀，居然生子！

注释

①坼（chè）：绷裂。副：剖开。

译文

怀胎已足月，分娩很顺利。不受一点伤，不遭灾和殃。这是显神灵，上帝始安宁。因为常祭祀，终于生男儿。

原文

诞置之隘巷，牛羊腓字之。诞置之平林，会伐平林。诞置之寒冰，鸟覆翼之。鸟乃去矣，后稷呱矣。实覃实訏①，厥声载路。

注释

①覃（tán）：长。訏（xū）：大。

译文

置婴于窄巷，牛羊来庇护。置婴于密林，恰逢人砍柴。置婴于寒冰，群鸟展翅护。鸟儿刚飞走，后稷哇哇哭。哭声长又亮，不绝于路上。

原文

诞实匍匐，克岐克嶷①，以就口食。艺之荏菽②，荏菽旆旆，禾役穟穟，麻麦幪幪，瓜瓞唪唪。

注释

①岐：会人意。嶷（nì）：辨事物。

②艺（yì）：种植。

译文

后稷学爬行，能辨人和事，喂食挨得近。长大种大豆，豆苗很茂盛，禾苗长得壮，麦麻粗又密，瓜果实累累。

原文

诞后稷之穑，有相之道。茀厥丰草，种之黄茂。实方实苞，实种实褎①。实发实秀，实坚实好，实颖实栗。即有邰家室。

注释

①种：短。褎（xiù）：长。

译文

后稷种庄稼，自有好办法。拔除野生草，种上好谷稻。按时生芽苞，由低长到高。发茎又吐穗，果实大又好，垂穗头摇摇。后稷成了家。

原文

诞降嘉种，维秬维秠①，维穈维芑。恒之秬秠，是获是亩。恒之穈芑，是任是负，以归肇祀。

注释

①秬（jù）、秠（pǐ）：黑黍。

译文

上天赐良种，秬稻和秠稻，红谷和白谷。遍地种秬秠，收割满田垄。遍地种穈芑，肩挑往回送，回家祭神灵。

原文

诞我祀如何？或舂或揄①，或簸或蹂②。释之叟叟，烝之浮浮。载谋载惟，取萧祭脂，取羝以軷③，载燔载烈，以兴嗣岁。

注释

①揄（yóu）：舀米。

②蹂：通"揉"。

③軷（pá）：祭路神。

译文

如何祭神灵？舂米又舀米，又簸又来搓。淘米"簌簌"响，蒸气"噗噗"冒。思考且商量，拿来油和蒿，牵来大公羊，又烧又是烤，祈求来年丰。

原文

卬盛于豆[①]，于豆于登。其香始升，上帝居歆[②]。胡臭亶时[③]，后稷肇祀。庶无罪悔，以迄于今。

注释

①卬（áng）：我。

②歆：享受。

③臭：气味。亶（dǎn）：诚然，实在。时：善。

译文

我盛肉于豆，再盛于瓦盆。香气向上冒，上帝享供奉。香气阵阵浓，后稷在祭祀。对神没失礼，平安到如今。

荡之什

荡

原文

荡荡上帝，下民之辟。疾威上帝，其命多辟[①]。天生烝民，其命匪谌[2]。靡不有初，鲜克有终。

注释

①命：本性，品质。

②谌（chén）：诚信。

译文

不守法度的上帝，亲临下界为君王。威严赫赫的上帝，他的本性很邪僻。虽已降生亿万民，其命却不足以信。人生之初性本善，可惜很少得善终。

原文

文王曰咨，咨女殷商。曾是彊御[1]，曾是掊克[2]。曾是在位，曾是在服。天降滔德，女兴是力。

注释

①彊御：暴虐。

②掊（póu）克：聚敛，搜刮。

译文

文王长声发感叹，这个殷商太黑暗。竟然如此的专横，如此盘剥国中民。如此在位不称职，如此处理朝中事。老天生下害人君，你却用力怂恿他。

原文

文王曰咨，咨女殷商。而秉义类[1]，疆御多怼[2]。流言以对，寇攘式内。侯作侯祝，靡届靡究。

注释

①义类：善良之人。

②怼（duì）：怨恨。

译文

文王长声发感叹，这个殷商太黑暗。你若任用贤良人，强横之辈多怨愤。流言蜚语四处走，乱臣盗贼祸朝内。又是造谣又是骂，骂到何时才作罢。

原文

文王曰咨，咨女殷商。女炰烋于中国[1]，敛怨以为德。不明尔德，时无背无侧。尔德不明，以无陪无卿。

注释

①炰烋（páo xiāo）：即“咆哮”。

译文

文王长声发感叹，这个殷商太黑暗。你在王土来咆哮，多行不义以为德。你的德行太昏聩，小人背叛你不查。你的德行真昏庸，忠臣良才你不觉。

原文

文王曰咨，咨女殷商。天不湎尔以酒[1]，不义从式。既衍尔止，靡明靡晦。式号式呼，俾昼作夜。

注释

①湎（miǎn）：沉迷。

译文

文王长声发感叹，这个殷商太黑暗。上天不让迷于酒，你们不宜杯中求。既然玷污好德行，朝夕狂饮也不行。你们醉了狂叫喊，还把白天当夜晚。

原文

文王曰咨，咨女殷商。如蜩如螗，如沸如羹。小大近丧，人尚乎由行。内奰于中国①，覃及鬼方②。

注释

①奰（bì）：发怒。

②覃：延伸。

译文

文王长声发感叹，这个殷商真黑暗。朝政混乱如蝉噪，政局动荡如沸汤。大小事情都失败，人们袖手而旁观。国内激怒千万人，竟至远邦难忍耐。

原文

文王曰咨，咨女殷商。匪上帝不时，殷不用旧。虽无老成人，尚有典刑。曾是莫听，大命以倾。

译文：

文王长声发感叹，这个殷商真黑暗。不是上帝有过错，是你传统皆抛却。虽无老臣在朝廷，典章律例应保存。刚愎自用不听劝，王命倾倒不可免。

原文

文王曰咨，咨女殷商。人亦有言，颠沛之揭，枝叶未有害，本实先拨。殷鉴不远，在夏后之世。

译文：

文王长声发感叹，这个殷商真黑暗。人民有话说得好：树木拔起路边倒，枝叶虽然无损坏，树根早已全烂掉。殷商之鉴并不远，在那夏桀王朝间。

常　武

原文

赫赫明明[1]，王命卿士，南仲大祖，大师皇父：整我六师，以修我戎。既敬既戒[2]，惠此南国。

注释

①明明：英明。

②敬：警告。

译文

宣王威武又英明，召见宰相发命令，太祖庙中臣“南仲”，太师“皇父”同时听：马上整顿我六军，修理兵甲搞后勤，上下从此应谨记，全力解救南疆民。

原文

王谓尹氏，命程伯休父：左右陈行，戒我师旅。率彼淮浦，省此徐土[1]。不留不处，三事就绪。

注释

①省：巡视。

译文

宣王又对尹氏说，传令程伯“休父”听：队伍左右列整齐，全军动员勿违命。沿着淮水向前进，打到徐国去巡行。不要滞留别担心，三季农事已排顺。

原文

赫赫业业，有严天子。王舒保作[1]，匪绍匪游[2]。徐方绎骚[3]，震惊徐方。如雷如霆，徐方震惊。

注释

①舒保：徐缓。

②绍：缓。

③绎（yì）骚：骚动不安。

译文

王师赫赫多雄壮，天子容颜也威严。镇定自若发了兵，行军有序急急行。徐国由此起骚动，人人震惊心不安。王师声威如雷霆，徐国闻风已丧胆。

原文

王奋厥武，如震如怒。进厥虎臣，阚如虓虎[①]。铺敦淮濆[②]，仍执丑虏[③]。截彼淮浦，王师之所。

注释

①阚（hǎn）：老虎发怒。虓（xiāo）：老虎吼叫。

②铺敦：驻扎。濆（fén）：水边高地。

③仍：频繁，连续。

译文

君王奋力扬武威，有如天神震且怒。猛将一马冲在前，就像虎啸一声吼。我军陈兵淮水边，英勇作战抓俘虏。阻截敌军淮水旁，王师占领此地区。

原文

王旅啴啴，如飞如翰，如江如汉，如山之苞，如川之流。绵绵翼翼，不测不克，濯征徐国[①]。

注释

①濯：规模大。

译文

王师人多且势众，就像鸷鸟击长空，就像江汉水汹涌，就像山岳根基牢，就像大河波涛汹。连绵不断声势猛，敌军难测又难克，我军大战平徐国。

原文

王犹允塞，徐方既来。徐方既同，天子之功。四方既平，徐方来庭[①]。徐方不回，王曰还归。

注释

①来：归服。

译文

宣王谋划很满意，徐国终于来归顺。他们已经讲了和，天子功勋应永存。四方既然已平定，徐国谢罪来朝廷。他们保证不反叛，宣王收兵踏归程。

三、“三颂”

·周　颂·

清庙之什

清　庙

原文

於穆清庙①，肃雝显相②。济济多士，秉文之德。对越在天③，骏奔走在庙。不显不承④，无射于人斯⑤！

注释

①於（wū）：叹词。穆：美好；严肃。

②相：助祭的公侯。

③越：于。

④不：发语词。

⑤射（yì）：通“斁”，厌弃。

译文

啊！清庙之中多庄重，助祭肃敬有仪容。祭祀之人特别多，文王德教记心中。遥对文王在天灵，奔走奉事如疾风。光照上天延后世，受人景仰永无穷！

维天之命

原文

维天之命，於穆不已。於乎不显①，文王之德之纯。假以溢我②，我其收之。骏惠我文王③，曾孙笃之④。

注释

①於乎：呜呼！不：语助，无实义。

②假：通“嘉”。溢：谨慎。

③骏：顺从。惠：顺。

④笃：专一，忠实执行。

译文

思念天之道，啊，永远都美好。啊，灿灿闪光辉，文王德精粹。善德戒慎我，我心受恩惠。遵循文王德，子孙永不违。

思　文

原文

思文后稷①，克配彼天②。立我烝民，莫匪尔极③。贻我来牟④，帝命率育。无此疆尔界，陈常于时夏⑤。

注释

①思：语助词。

②克：能。

③极：德之至。

④来牟：大麦和小麦。

⑤常：农政。

译文

文德双全是后稷，你的功绩与天齐。粮米养活我万民，你的善德高无比。上天赐予大小麦，上帝好意养民众。莫要划下田中界，推行农政到四方。

臣工之什

臣工

原文

嗟嗟臣工，敬尔在公。王釐尔成[①]，来咨来茹[②]。嗟嗟保介[③]，维莫之春。亦又何求，如何新畬[④]？於皇来牟，将受厥明[⑤]。明昭上帝，迄用康年。命我众人，庤乃钱镈[⑥]，奄观铚艾[⑦]。

注释

①釐（lí）：赐。

②茹：度。

③保介：田官。

④畬（yú）：熟田。

⑤明：收成。

⑥庤（zhì）：准备。钱（jiǎn）：农具。镈（bó）：农具。

⑦奄：尽。铚（zhì）：拿镰收割。艾：收割。

译文

敬告诸位官和吏，公事认真来办理。周王嘉赏众功臣，赶快前来同商议。敬告你们众田官，现在正好是暮春，大家有些啥要求，新田熟田怎耕耘？田中麦子长势好，庄稼很快要收割。光明昭彰的上帝，降下丰年好收成。命令众位老百姓，备好锄头扛起锹，我要遍察收庄稼。

武

原文

於皇武王，无竞维烈。允文文王，克开厥后。嗣武受之，胜殷遏刘[1]。耆定尔功[2]。

注释

①刘：杀；征伐。

②耆（zhǐ）：借为“致”。

译文

伟大的武王，功业世无双。文王有文德，基业你开创。武王继父德，胜殷止征伐。功成万民仰。

闵予小子之什

闵予小子

原文

闵予小子[1]，遭家不造[2]。嬛嬛在疚[3]，於乎皇考，永世克孝。念兹皇祖，陟降庭止。维予小子，夙夜敬止。於乎皇王，继序思不忘[4]。

注释

①闵：通“悯”。哀怜。小子：成王自谓。

②不造：不幸。

③嬛（qióng）嬛：孤独无依貌。疚：病苦。

④序：事业。

译文

哀我成王年纪轻，武王去世很不幸。心中忧伤苦伶仃，叹一声啊好父亲，我尽孝道终其生。想我先祖国初兴，神灵升降在朝廷。我今嗣位年纪轻，日夜操劳敬受命。叹声先皇请你听，誓承先业永记心。

丝衣

原文

丝衣其紑①，载弁俅俅②。自堂徂基，自羊徂牛。鼐鼎及鼒③，兕觥其觩，旨酒思柔。不吴不敖④，胡考之休。

注释

①紑（fóu）：洁净新鲜。

②俅（qiú）俅：恭敬貌。

③鼐（nài）：大鼎。鼒（zī）：小鼎。

④吴：喧哗。

译文

丝制礼服白又亮，冠帽恭敬入庙堂。走入庙堂到厅内，从羊到牛细端详。再看大鼎和小鼎，牛角杯儿向上弯，美酒味醇香又甜。不喧哗来不傲慢，长寿洪福降身边。

桓

原文

绥万邦，屡丰年，天命匪解①。桓桓武王②，保有厥士，于以四方，克定厥家。於昭于天，皇以间之③。

注释

①解（xiè）：懈。

②桓桓：威武貌。

③皇：大。间：代。

译文

自从武王平天下，年年都是大丰收，天佑周朝不懈怠。武王气势真威猛，拥有强兵和劲旅，用以指向四方敌，确保国家得安宁。武王明德遍天下，受命于天做人君。

赉①

原文

文王既勤止，我应受之。敷时绎思，我徂维求定。时周之命，於绎思。

注释

①赉（lài）：赏赐，赠送。含赐赏诸侯功臣之意。

译文

文王勤勉过一生，我把事业来继承。推行德政不间断，我去伐纣谋安宁。此乃周朝的大命，流传后世记于心。

般

原文

於皇时周！陟其高山。嶞山乔岳①，允犹翕河②。敷天之下，裒时之对③，时周之命。

注释

①隋：狭长的。

②犹：顺畅。翕（xī）：合。

③裒（póu）：聚集。

译文

周朝江山多壮美，天子登高祭山川。连绵群山高四岳，众流会聚入黄河。天下诸侯与百官，聚集在此来谢恩，这是周王承天命。

·鲁　颂·

駉

原文

駉駉牡马[①]，在坰之野[②]。薄言駉者：有驈有皇[③]，有骊有黄[④]，以车彭彭。思无疆，思马斯臧。

注释

①駉（jiōng）駉：马匹肥壮貌。

②坰（jiōng）：远郊。

③驈（yù）：胯白的黑马。皇：黄白马。

④黄：深红。

译文

一群公马肥又壮，在那郊野去放养。高头大马颜色异：有的白胯有的黄，有的纯黑有的红，拉起车来力量大。鲁公思想很远大，牧养马儿很兴旺。

原文

駉駉牡马，在坰之野。薄言駉者：有骓有駓[①]，有骍有骐[②]，以车伾伾[③]。思无期，思马斯才。

注释

①骓（zhuī）：黑白相杂的马。駓（pī）：黄白相杂的马。

②骍（xīng）：赤黄马。骐：青黑纹马。

③伾（pǐ）伾：有力貌。

译文

一群公马肥又壮，在那郊野去放养。高头大马长得帅：有的黄白有的灰，有的通红有的黑，拉起车来跑得快。鲁公思想很远大，牧养马儿有能耐。

原文

駉駉牡马，在坰之野。薄言駉者：有驒有骆[①]，有駵有雒[②]，以车绎绎[③]。思无斁，思马斯作。

注释

①驒（tuó）：黑斑青灰马。骆（luò）：黑鬃马。

②駵（liú）：赤身黑鬃马。雒（luò）：白鬃黑马。

③绎（yì）绎：善走。

译文

一群公马肥又壮，在那郊野去放养。高头大马品种多：有的黑斑有黑鬃，有的赤黑白鬃毛，拉起车来快如风。鲁公思想不松懈，训练马儿奔腾快。

原文

駉駉牡马，在坰之野，薄方駉者：有骃有騢[①]，有驔有鱼[②]以车祛祛[③]。思无邪，思马斯徂。

注释

①骃（yīn）：浅黑与白色混杂的马。騢（xiá）：红白夹杂的马。

②驔（diàn）：马腿有白毛的马。鱼：马眼为白圈的马。

③祛（qū）祛：强健貌。

译文

一群公马肥又壮，在那郊野去放养。高头大马使人爱：有的浅灰有的红，有的白腿白眼圈，拉起车来很雄健。鲁公思想很正确，训练马儿奔千里。

有　駜

原文

有駜有駜[①]，駜彼乘黄[②]。夙夜在公，在公明明[③]。振振鹭，鹭于下。鼓咽咽，醉言舞。于胥乐兮！

注释

①駜（bì）：马肥且壮。

②乘（shèng）：四匹马。

③明明：操劳勤勉。

译文

马儿肥啊马儿壮，四匹大马颜色黄。群臣早晚在公堂，公堂之上政务忙。舞如鹭鸟天上飞，又似俯冲落地上。鼓声伴奏声声响，带醉起舞踉跄跄。大家心花正怒放！

原文

有駜有駜，駜彼乘牡。夙夜在公，在公饮酒。振振鹭，鹭于飞。鼓咽咽，醉言归。于胥乐兮！

译文：

马儿肥啊马儿壮，四匹公马体格强。群臣早晚在公堂，今日又把美酒尝。舞如鹭鸟天上飞，又如空中轻飘荡。鼓声伴奏声声响，带醉归家暂收场。大家心花还怒放！

原文

有駜有駜，駜彼乘駽[1]。夙夜在公，在公载燕。自今以始，岁其有。君子有穀[2]，诒孙子。于胥乐兮！

注释

①駽（xuān）：青黑马。

②穀：福禄。

译文

马儿肥啊马儿壮，四匹青马气宇昂。群臣早晚在公堂，今又堂前摆酒场。从今之后屈指算，年年丰收粮满仓。各位君子多福禄，传给后代万年昌。大家心花皆怒放！

泮　水

原文

思乐泮水，薄采其芹。鲁侯戾止，言观其旂。其旂茷茷[1]，鸾声哕哕。无小无大，从公于迈。

注释

①茷（pèi）茷：飞扬貌。

译文

泮水泮水我最爱，群妇来此采芹菜。鲁候也到泮水旁，观那旌旗一行行。旗帜迎风在飘动，鸾铃之声叮当响。不论卑贱与尊长，跟随鲁公上殿堂。

原文

思乐泮水，薄采其藻。鲁侯戾止，其马跻跻。其马跻跻，其音昭昭。载色载笑，匪怒伊教。

译文：

泮水泮水我最爱，群妇来此采藻菜。鲁侯也到泮水旁，他的马儿多健壮。他的马儿多健壮，鲁侯声音特洪亮。和颜悦色笑声朗，耐心教民无怒相。

原文

思乐泮水，薄采其茆[①]。鲁侯戾止，在泮饮酒。既饮旨酒，永锡难老。顺彼长道，屈此群丑。

注释

①茆（mǎo）：莼菜。

译文

泮水泮水我最爱，群妇来此采莼菜。鲁侯也到泮水边，泮宫之上摆酒宴。席上美酒尽痛饮，天赐众人寿万年。依照仁德走大道，征服恶人定不饶。

原文

穆穆鲁侯，敬明其德。敬慎威仪，维民之则。允文允武，昭假烈祖[①]。靡有不孝，自求伊祜。

注释

①昭假：昭告。

译文

鲁侯严肃又庄重，德行昭明人人见。小心谨慎且威严，人民以此为准则。文治武功皆齐备，昭昭德行告祖先。人人效法皆颂扬，自求洪福从天降。

原文

明明鲁侯，克明其德。既作泮宫，淮夷攸服。矫矫虎臣，在泮献馘[1]。淑问如皋陶，在泮献囚。

注释

①馘（guó）：割敌左耳。

译文

鲁侯勤勉又努力，修明政治有德行。如今修好这泮宫，淮夷之族皆臣服。勇猛如虎好武将，斩敌左耳在泮河。狱吏问讯效皋陶，泮水提囚入监牢。

原文

济济多士，克广德心。桓桓于征，狄彼东南[1]。烝烝皇皇，不吴不扬。不告于讻[2]，在泮献功。

注释

①狄（tì）：通“剔”，治。

②讻（xiōng）：争辩。

译文

众位文臣与武将，都能发扬美德行。威风凛凛去出征，治服东南蛮夷族。武功战果真辉煌，不去喧哗不张扬。犒赏之前不争辩，泮宫殿前把功献。

原文

角弓其觩，束矢其搜。戎车孔博，徒御无斁。既克淮夷，孔淑不逆。式固尔犹，淮夷卒获。

译文：

角弓拉紧向上翘，利箭密集一包包。兵车威武多又多，甲士御敌斗志高。已经击败淮夷族，遵守纪律不胡闹。依靠你的好计谋，淮夷之旅已横扫。

原文

翩彼飞鸮，集于泮林。食我桑葚，怀我好音。憬彼淮夷①，来献其琛②。元龟象齿，大赂南金③。

注释

①憬（jǐng）：强。

②琛（chēn）：珍宝。

③赂（lù）：赠送财物。

译文

翩翩飞动猫头鹰，纷纷降落滓宫林。吃了我们的桑葚，还思好歌让它听。那些强横的淮夷，携带宝物来进献。先送大龟和象牙，再送美玉和黄金。

闷 宫

原文

闷宫有侐①，实实枚枚②。赫赫姜嫄，其德不回。上帝是依，无灾无害。弥月不迟，是生后稷。降之百福，黍稷重穋，稙穉菽麦。奄有下国③，俾民稼穑。有稷有黍，有稻有秬。奄有下土，缵禹之绪④。

注释

①閟（bì）宫：神宫，祖庙。侐（xù）：清静。

②实实：广大貌。枚枚：细密貌。

③奄：覆盖，包括。

④绪：事业。

译文

祖庙深闭很清静，高大精细又坚牢。赫赫姜嫄名声显，道德纯正人品高。依靠上帝得保佑，无灾无害福气好。怀胎十月不推迟，生下后稷是天骄。上帝为他降百福，赐他糜谷早晚稻，早豆晚麦也有了。统治天下众诸侯，使民稼穑善教导。会种稷子会种黍，会种黑黍和水稻。后稷从此率天下，继承大禹有德操。

原文

后稷之孙，实维大王①。居岐之阳，实始翦商。至予文武，缵大王之绪。致天之届，于牧之野。无贰无虞，上帝临女。敦商之旅②，克咸厥功。王曰叔父，建尔元子③，俾侯于鲁。大启尔宇，为周室辅。

注释

①大（tài）王：太王。

②敦：治服。

③元子：长子。

译文

后稷子孙承祖业，古公亶父为太王。迁居到达岐山南，开始致力灭殷商。到了文王和武王，继承太王兴国邦。武王发兵讨商纣，战场就在牧野地。不用疑惑莫顾虑，上帝就在你身旁。打败商纣的大军，奋力灭殷功无双。成王开口呼叔父，立您长子为侯王，封于鲁国守东方。开辟疆土大发展，辅助周室为屏障。

原文

乃命鲁公，俾侯于东。锡之山川，土田附庸。周公之孙，庄公之子，龙旂承祀，六辔耳耳。春秋匪解，享祀不忒。皇皇后帝，皇祖后稷，享以骍牺[1]，是飨是宜，降福既多。周公皇祖，亦其福女。

注释

①骍（xīn）牺：红色祭牲。

译文

于是成王命鲁公，让他为侯据山东。赐他拥有山和川，还有土地和附庸。周公子孙鲁僖公，庄公之子有殊荣，继承祭礼举龙旗，四马六缰声势宏。四时祭祀不懈怠，祭祀礼仪都正宗。敬请伟大的上帝，同我先祖后稷用，赤色牺牲供案上，合祭社祭情意重，请降福祉千百种。伟大先祖我周公，也赐鲁公享洪福。

原文

秋而载尝，夏而楅衡[1]。白牡骍刚[2]，牺尊将将。毛炰胾羹[3]，笾豆大房。万舞洋洋，孝孙有庆。俾尔炽而昌，俾尔寿而臧。保彼东方，鲁邦是常。不亏不崩，不震不腾，三寿作朋，如冈如陵。

注释

①楅（bí）衡：保护牛角的横木。

②刚：公牛。

③毛炰（páo）：连毛烤小猪。胾（zì）：切开的肉。

译文

秋天丰收祭神灵，夏季选牛护角养。白牛红牛献神享，牛头酒樽很精良。烤猪切肉做羹汤，大小食具摆案上。手执干戈舞姿壮，孝顺子孙得吉祥。神灵使你常兴旺，又使你们得安康。保佑周朝的东方，永远固强是鲁邦。不会亏蚀和崩溃，也无震荡和沸扬。三寿老人作朋友，国家坚固如山岗。

原文

公车千乘，朱英绿縢，二矛重弓。公徒三万，贝胄朱綅①，燕徒增增。戎狄是膺，荆舒是惩，则莫我敢承。俾尔昌而炽，俾尔寿而富。黄发台背②，寿胥与试。俾尔昌而大，俾尔耆而艾。万有千岁，眉寿无有害。

注释

①綅（qīn）：线。

②台背：鲐背。背有黑斑似鲐鱼之背。指长寿老人。

译文

鲁公战车有千乘，车上红缨和绿绳，弓矛成双排成阵。鲁公三万子弟兵，嵌贝头盔绣朱线，列队云集力千钧。阻击北狄和西戎，惩戒南舒和楚荆，无人敢与我抗衡。神灵使你得昌盛，使你长命物丰盛。黄发鲐背老人多，大家长寿共长存。神使你们能发达，千秋万岁永年轻。万年还加一千岁，眉寿绵绵永不损。

原文

泰山岩岩，鲁邦所詹。奄有龟蒙，遂荒大东，至于海邦。淮夷来同，莫不率从，鲁侯之功。

译文：

泰山高大又雄伟，鲁国百姓都景仰。拥有龟蒙两座山，包举国土到东方，一直达到那海疆。淮夷之族来求同，无人敢不相随从，皆为鲁侯之大功。

原文

保有凫绎，遂荒徐宅，至于海邦。淮夷蛮貊，及彼南夷，莫不率从。莫敢不诺，鲁侯是若。

译文：

拥有凫山和绎山，包容徐国的地盘，一直延伸到海边。淮夷蛮貊小部落，还有南方荆蛮族，无一敢不相跟从。没有哪国不同意，顺随鲁侯才有利。

原文

天锡公纯嘏，眉寿保鲁。居常与许，复周公之宇。鲁侯燕喜，令妻寿母。宜大夫庶士，邦国是有。既多受祉，黄发儿齿。

译文：

天赐鲁公福无边，祝愿鲁侯得寿安。占有常邑和许田，恢复周公的地盘。鲁侯宴饮多喜悦，祝妻贤惠母延年。百官士人皆顺心，国家强大又平安。鲁侯健康多福祉，如今发黄新换齿。

原文

徂徕之松，新甫之柏。是断是度①，是寻是尺。松桷有舄②，路寝孔硕。新庙奕奕，奚斯所作。孔曼且硕，万民是若。

注释

①度（duó）：砍。

②桷（jué）：方木椽。舄（xì）：粗大貌。

译文

徂徕山上长青松，新甫之坡翠柏生。树木砍倒来剖开，量好尺寸作木材。松木粗椽一排排，筑好寝宫多气派。新庙挺拔有光彩，奚斯受命来修盖。新庙既宽又很大，顺应万民保康泰。

·商 颂·

那

原文

猗与那与，置我鞉鼓①。奏鼓简简，衎我烈祖②。汤孙奏假③，绥我思成。鞉鼓渊渊，嘒嘒管声。既和且平，依我磬声。於赫汤孙，穆穆厥声。庸鼓有斁④，万舞有奕。我有嘉宾，亦不夷怿⑤。自古在昔，先民有作。温恭朝夕，执事有恪⑥。顾予烝尝⑦，汤孙之将。

注释

①鞉（táo）：摇鼓。

②衎（kàn）：欢乐。

③假：敬神。

④庸：大钟。

⑤怿：喜悦。

⑥恪：恭敬。

⑦顾：光临。

译文

祭典盛大又繁复，摆好摇鼓和大鼓。击鼓咚咚响不停，以此娱乐我先祖。襄公祭祀祈神明，助我顺利拓疆土。摇鼓大鼓声声响，竹管呜呜掀声浪。曲调协和音质美，玉馨声声引众乐。商汤子孙多显赫，乐声美好且动听。铿锵洪亮钟鼓鸣，洋洋万舞也齐整。助祭嘉宾皆光临。岂不欢乐笑盈盈。那些远古的先民，早把祭礼安排定。早晚和顺又有礼，从事祭祀多恭敬。秋冬之祭请光临，汤孙奉献表衷情。

烈　祖

原文

嗟嗟烈祖！有秩斯祜①，申锡无疆②，及尔斯所。既载清酤，赉我思成。亦有和羹，既戒既平③。鬷假无言④，时靡有争。绥我眉寿，黄耇无疆⑤。约軧错衡，八鸾鸧鸧。以假以享，我受命溥将。自天降康，丰年穰穰。来假祁祁，降福无疆。顾予烝尝，汤孙之将。

注释

①秩：大。

②申：重复。

③戒：具备。平：正。

④鬷（zòu）假：进献之意。

⑤耇（gǒu）：高寿。

译文

功德赫赫的祖先，你用你的大福祉，赐给子孙福无边，送达宋公的身前。斟上清酒祭神灵，赐福保我得安宁。祭品也有五味羹，味道可口又齐全。进献祖先肃无声，不吵不争不开言。求神佑我寿绵延，长寿无边享天年。皮革车具多壮观，八只鸾铃响叮当。到了宗庙献祭品，我受天命广无边。天降洪福多安康，丰年五谷齐登场。神明前来享祭品，降下福禄大无比。秋冬之季再光临，商汤子孙再献享。

古韵体验

Gu Yun Ti Yan

诗经

作为中国文学发展史上第一部诗歌总集，《诗经》收录了西周前期至春秋中叶的305篇诗作，因所配乐曲不同，分为《风》《雅》《颂》三部分。这些诗题材相当广泛，从重大的历史事件到民间的日常生活，都有所涉及，对于后人了解当时的社会状况具有重要的史料价值。具体地说，《诗经》的特色和影响，主要表现在以下几个方面：

第一，《诗经》是以抒情诗为主流的。除了《大雅》中的史诗和《小雅》《国风》中的个别篇章外，《诗经》中几乎完全是抒情诗。而且，从诗歌艺术的成熟程度来看，抒情诗所达到的水准，也明显高于叙事诗。

而与《诗经》大体属于同时代的古希腊的荷马史诗，却完全是叙事诗。正如荷马史诗奠定了西方文学以叙事传统为主的发展方向，《诗经》也奠定了中国文学以抒情传统为主的发展方向。以后的中国诗歌，大都是抒情诗；而且，以抒情诗为主的诗歌，又成为中国文学的主要样式。

第二，《诗经》中的诗歌，除了极少数几篇，完全是反映现实的人间世界和日常生活、日常经验。在这里，几乎不存在凭借幻想而虚构出的超越于人间世界之上的神话世界，不存在诸神和英雄们的特异形象和特异经历，有的是关于政治风波、春耕秋获、男女情爱的悲欢哀乐。后来的中国诗歌乃至其他文学样式，其内容也是以日常性、现实性为基本特征；日常生活、日常事件、日常人物，总是文学的中心素材。

第三，与上述第二项相联系，《诗经》在总体上，具有显著的政治与道德色彩。无论是主要产生于社会上层的大、小《雅》，还是主要产生于民间的《国风》，都有相当数量的诗歌，密切联系时事政治，批判统治者的举措失当和道德败坏。其意义虽主要在于要求维护合理合度的统治，给予人民以较为宽松、可以维持生存的条件，但这对于社会的发展，当然是有价值的。

关心社会政治与道德，敢于对统治阶层中的腐败现象提出批判，应该说是《诗经》的优秀之处。这一种批评完全是站在社会公认原则的立场上的，在根本上起着维护现有秩序的稳定的作用，而不能不抑制个人的欲望与自由。就以《相鼠》一诗来说，它可能是批评统治者荒淫无度的生活，也可能是批评对“礼仪”的具有进步意义的破坏行为。不管作者的原意如何，诗对于这两种现象都是适用的。

要说《诗经》这一特点对后世的影响，首先要说明：《诗经》的政治性和道德性，在后世经过曲解而被强化了。本来不是直接反映政治与道德问题的诗，包括众多的爱情诗，在汉代的《毛诗序》中，也一律被解释为对政治、道德或“美”或“刺”的作品。因而，一部《诗经》，变成了儒家的道德教科书。

后代诗人继承《诗经》关注社会政治与道德的特色，同样应该从两方面来分析。一方面，提倡这一特色，可以纠正文学过分趋向游戏和唯美倾向，发扬文学的社会功能；另一方面，如果不适当地过分强调这一点，也必然妨害文学的多样化发展，抑制情感的自由表达。

第四，《诗经》的抒情诗，在表现个人感情时，总体上比较克制因而显得平和。看起来，像《巷伯》批评“谗人”，《相鼠》批评无礼仪者，态度是很激烈的。但这种例子不仅很少，而且并不能说是纯粹的“个人感情”，因为作者是在维护社会原则，背倚集体力量对少数“坏人”提出斥责。像《雨无正》《十月之交》《正月》等，因所批评的对象是多数人，则已显得畏惧不安。

至于表现个人的失意、从军中的厌战思乡之情，乃至男女爱情，一般没有强烈的悲愤和强烈的欢乐。由此带来必然的结果是：《诗经》的抒情较常见的是忧伤的感情。这直接影响了中国后代的诗歌。

《诗经》中克制的感情，尤其忧伤的感情，是十分微妙的。它不像强烈的悲愤和强烈的欢乐喷涌而出，一泄无余，而是委婉曲折，波澜起伏。由此，形成了《诗经》在抒情表现方面显得细致、隽永的特点。这一特点，也深刻地影响了中国后来的诗歌。

《诗经》常常采用叠章的形式，即重复的几章间，意义和字面都只有少量改变，造成一唱三叹的效果。这是歌谣的一种特点，可以借此强化感情的抒发，所以在《国风》和《小雅》的民歌中使用最普遍，《颂》和《大雅》，以及《小雅》的政治诗中几乎没有。

全篇三章十二句，只变动了六个动词，不但写出采摘的过程，而且通过不断重复的韵律，表现出生动活泼的气氛，似乎有一种合唱、轮唱的味道。清人方玉润说：“恍听田家妇女，三三五五，于平原旷野、风和日丽中群歌互答，余音袅袅，忽断忽续。”（《〈诗经〉原始》）这么说也许多了一些想象，但叠徽章重句的美感，确是很动人的。四言诗衰微后，这种形式也被捐弃，只能偶一见之。倒是在现代歌曲中，又常看到这种情况。这说不上“影响”，却有古今相通之理。

作为歌谣，为了获得声韵上的美感，《诗经》中大量使用双声、叠韵、叠字的语汇。在古汉语的规则中，这类词汇大抵是形容词性质，所以也有助于表达曲折幽隐的感情，描绘清新美丽的自然。如《诗经》首篇的《关雎》，“关关”（叠字）形容水鸟叫声，“窈窕”（叠韵）表现淑女的美丽，“参差”（双声）描绘水草的状态，“辗转”（叠韵）刻画因相思而不能入眠的情状，既有和谐的声音，也有生动的形象。

《诗经》里大量运用了赋、比、兴的表现手法，加强了作品的形象性，获得了良好的艺术效果。所谓“赋”，用朱熹《诗集传》的解释，是“敷陈其事而直言之”。这包括一般陈述和铺排陈述两种情况。大体在《国风》中，除《七月》等个别例子，用铺排陈述的较少；大、小《雅》中，尤其是史诗，铺陈的场面较多。汉代辞赋的基本特征就是大量铺陈。虽然从《诗经》到汉赋还间隔许多环节，但说其原始的因素源于《诗经》，也未尝不可。

总而言之，《诗经》是中国诗歌，乃至整个中国文学一个光辉的起点。它从多方面表现了那个时代丰富多采的现实生活，反映了各个阶层人们的喜怒哀乐，以其清醒的现实性，区别于其他民族的早期诗歌，开辟了中国诗歌的独特道路。虽然，由于特殊的社会生存条件，《诗经》缺乏浪漫的幻想，缺乏飞扬的个性自由精神，但在那个古老的时代，它是无愧于人类文明的，值得我们骄傲的。

延伸阅读

Yan Shen Yue Du

诗经

文化延伸

——与本书内容有关的图书、影视

《战国策》
作者：刘向等

研究缩影

《战国策》记载了东周、西周及秦、齐、楚、赵、魏、韩、燕、宋、卫、中山各国之事，记事年代起于战国初年，止于秦灭六国，约有240年。战国时期国别史和汉民族历史散文集。分为12策，33卷，共497篇。主要记述了战国时期的纵横家的政治主张和言行策略，也可说是纵横家的实战演习手册。本书亦展示了东周战国时代的历史特点和社会风貌，是研究战国历史的重要典籍。

《楚辞》
作者：刘向辑录，屈原等作

研究缩影

《楚辞》是一部收录中国战国后期楚地诗歌的诗集，是仅次于《诗经》的中国历史上第二部诗歌作品集，与《诗经》一样成为之后两千多年内中国古代诗歌发展的源头。作为继《诗经》以后，对中国文学最具有深远影响的一部诗歌总集，《楚辞》对整个中国文化系统有不同寻常的意义，特别是文学方面，它开创了中国浪漫主义文学的诗篇，令后世因称此种文体为“楚辞体”、骚体。

《汉乐府》
作者：汉时乐府机关采集整理

研究缩影：

汉乐府是继《诗经》之后，古代民歌的又一次大汇集，不同于《诗经》，它开创了诗歌现实主义的新风。汉乐府民歌中女性题材作品占重要位置，它用通俗的语言构造贴近生活的作品，由杂言渐趋向五言，采用叙事写法，刻画人物细致入微，创造人物性格鲜明，故事情节较为完整，而且能突出思想内涵着重描绘典型细节，开拓叙事诗发展成熟的新阶段，是中国诗史五言诗体发展的一个重要阶段。汉乐府在文学史上有极高的地位，其与诗经、楚辞可鼎足而立。

名家链接

1.荀子

（公元前313年—公元前238年）名况，时人尊而号为“卿”；因“荀”与“孙”二字古音相通，故又称孙卿。战国时期赵国人，著名思想家，教育家，儒家代表人物之一，对儒家思想有所发展，提倡性恶论，常被与孟子的性善论比较。荀况对重整儒家典籍也有相当的贡献。

荀子思想虽然与孔子、孟子思想都属于儒家思想范筹，但有其独特见解，自成一说。荀子提倡性恶论，常被与孟子的性善论比较。孔子、孟子在修身与治国方面提出的实践规范和原则，虽然都是很具体的，但同时又带有浓厚的理想主义成分。孔子竭力强调“克己”“修身”“为仁由己”等。而孟子则以“性善”为根据，认为只要不断扩充其“恻隐之心”“羞恶之心”“辞让之心”“是非之心”“求其放心”，即可恢复人的“良知”“良能”，即可实现“仁政”理想。与孔子、孟子相比，荀子的思想则具有更多的现实主义倾向。他在重视礼义道德教育的同时，也强调了政法制度的惩罚作用。

2.老子

（约公元前571年—公元前471年）春秋时思想家，道家的创始人。一说即老聃，姓李名耳，字伯阳，楚国苦县（今河南鹿邑县）人。做过周朝“守藏室之史”（管理藏书的史官）。孔子曾向他问礼，后退隐，著《老子》。一说老子即太史儋，或老莱子。老子在函谷关前著有五千言的《老子》一书，又名《道德经》或《道德真经》。《道德经》《易经》和《论语》被认为是对中国人影响最深远的三部思想巨著。《道德经》分为上下两册，共81章，前37章为上篇道经，第38章以下属下篇德经，全书的思想结构是：道是德的“体”，德是道的“用”。上下共五千字左右。

经典语录

1. 衡门之下，可以栖迟。泌之扬扬，可以乐饥。

2. 关关雎鸠，在河之洲，窈窕淑女，君子好逑。

3. 蒹葭苍苍，白露为霜。所谓伊人，在水一方。

4. 桃之夭夭，灼灼其华。

5. 知我者，谓我心忧。不知我者，谓我何求。悠悠苍天,此何人哉?

6. 投我以木桃，报之以琼瑶。匪报也，永以为好也。

7. 彼采萧兮，一日不见，如三秋兮。

昔我往矣，杨柳依依。今我来思，雨雪霏霏。

8. 它山之石，可以攻玉。

9. 战战兢兢，如临深渊，如履薄冰。

10. 如月之恒，如日之升，如南山之寿，不骞不崩，如松柏之茂，无不尔或承。

11. 普天之下，莫非王土，率土之滨莫非王臣，大夫不均我从事独贤。

12. 呦呦鹿鸣，食野之苹。我有嘉宾，鼓瑟吹笙。

图书在版编目（CIP）数据

诗经/尹吉甫编．--长春：北方妇女儿童出版社，2016．8（2021.2重印）
（中华国学经典全民阅读书库）
ISBN 978-7-5585-0046-6

Ⅰ．①诗… Ⅱ．①尹… Ⅲ．①古体诗-诗集-中国-春秋时代 Ⅳ．①I222．2

中国版本图书馆 CIP 数据核字（2016）第 163910 号

诗经
SHIJING

出版人　刘　刚
责任编辑　吴　桐
开　　本　710mm×1000mm　1/16
印　　张　13
字　　数　165 千字
版　　次　2016 年 2 月第 1 版
印　　次　2021 年 2 月第 3 次印刷
印　　刷　三河市华晨印务有限公司
出　　版　北方妇女儿童出版社
发　　行　北方妇女儿童出版社
地　　址　长春市净月开发区龙腾国际大厦A座
电　　话　总编办：0431-81629600

定　　价　29.80 元